ブックレット新潟大学

# 新潟医科大学の俳人教授たち

中本 真人

新潟日報メディアネット

# 目次

# はじめに

**或は十年二十年百年と経つうちに本当の俳句の道は新潟よりはじまつたといふことになるのかもしれぬ。**

（高浜虚子《きょし》「なつかしい情緒が後をひく」『まはぎ』昭和一三年一月号）

大正一一年（一九二二）、官立新潟医学専門学校が医科大学に昇格し、官立新潟医科大学が設立されました。この新潟医科大学には、医師として、また俳人として活躍した四人の教授が勤めていました。中田瑞穂《みずほ》（俳号みづほ）、高野与己《よしみ》（俳号素十《すじゅう》）、浜口一郎（俳号今夜《こんや》）、及川周《おいかわまこと》（俳号仙石《せんせき》）の四人は、全員が明治二六年（一八九三）生まれ。東京帝国大学医科大学を卒業した医学者であると同時に、俳人の高浜虚子に師事して『ホトトギス』同人《どうじん》となりました。

一般に「俳人」というと、俳句で生計を立てている人というイメージがあるかもしれません。確かに小説家などは、小説を執筆することで生活している人も多い。ところが近現代の俳人の大半は、俳句とは別に本職を持っていました。教師や医師、会社員、官僚、農家、あるいは専業主婦など、その職種は様々ですが、みんな仕事や家庭の空いた時間を使って俳句を作っていたのです。虚子などは俳句が職業といわれますが、実はホトトギス発行所という会社の経営者でもありました。

毎日鎌倉の自宅から東京の発行所まで通勤し、会社の業務をこなしてから、また鎌倉に帰るという生活を送っていたのです。

本書に登場する四人の教授たちも、医師として、学者として、また教師として、とても忙しい毎日を送っていました。それと同時に、俳句の実作者、指導者としても活躍したのです。この四人の中で一番有名な俳人といえば、高野素十でしょう。

ひつぱれる糸まつすぐや甲虫《かぶとむし》　　高野素十
方丈《ほうじょう》の大庇《おおびさし》より春の蝶《ちょう》
街路樹《がいろじゅ》の夜《よる》も落葉《おちば》をいそぐなり

右の俳句は、素十の代表句であり、また国語の教科書にも掲載されているものです。特に「甲虫」の句は、新潟医科大学在職中に詠まれました。教授として忙しい日々を送りながら、教科書にも載るような作品を生み出していたわけです。このように新潟で名句が詠まれた背景には、どのような事実があったのでしょうか。

冒頭に掲げた一文は、中田みづほの主宰誌《しゅさいし》『まはぎ』が一〇〇号を迎えたときに、虚子が寄せたものです。虚子は、新潟の俳人たちの実力を認め、さらに強い期待を寄せています。ちょうど四人の教授が揃って活躍していたころでした。

本書では、新潟医科大学を舞台として、この俳人教授たちの活躍を紹介したいと思います。

# 序章

## 1、虚子の新潟医科大学附属病院入院

昭和一九年（一九四四）九月、戦局の深刻化にともなって、俳人高浜虚子は糸子《いとこ》夫人、娘の高木晴子《はるこ》一家とともに長野県北佐久郡小諸《こもろ》町（現小諸市）に疎開しました。虚子の疎開生活は終戦後の昭和二二年（一九四七）一〇月までの足掛け四年に及びます。この厳しい疎開生活が、虚子の新境地を拓いたとされており、優れた俳句が多く詠まれました。さらに、小諸の生活を描いた『小諸雑記』（菁柿堂、昭和二一年）や、弟子の森田愛子との心の触れ合いを語った小説集『虹』（苦楽社、昭和二二年）など、虚子文学を代表する文章も執筆、発表されました。

この『虹』の中には「桜に包まれて」（初出『ホトトギス』昭和二一年七月号）という小説も収められています。小諸生活で皮膚病を患っていた虚子は、俳句の弟子で、新潟医科大

新潟医科大学附属病院

学教授（法医学）であった高野素十から、新潟医科大学附属病院での検査と治療を勧められました。そこで虚子は、長男の年尾《としお》をともなって小諸から新潟に行くことに決めます。「桜に包まれて」は、昭和二一年四月一五日から二五日までの新潟の旅を、日記風に記した文章です。

四月一五日、新潟に到着した虚子を駅に出迎えたのは、素十と、同じく俳人で新潟医科大学教授（外科学）であった中田みづほでした。その日は、虚子の定宿であった篠田旅館に一泊し、翌日から病院に入ることになりました。

高浜虚子（中本所蔵の写真より）

## 2、入院生活の虚子

ここからは「桜に包まれて」を読みながら、虚子の入院生活をみていきましょう。四月一六日、虚子は素十に連れられて新潟医科大学附属病院に向かいました。病院に入った虚子は、内科学教授の田坂定孝《さだたか》の診察を受けます。

見廻して見ると窓の白布のカーテンに浜口内科と墨で書いてあるのが目にとまつた。それは幾《いく》度《ど》か洗濯されたものであらうと思はれて墨がにじんで薄ぼけてゐた。田阪（中本注、正確には

「田坂」）内科の前は亡き浜口今夜君の内科であつたのだ。

田坂の前任の教授は浜口一郎でしたが、実は浜口も今夜という俳号を持つ虚子の弟子でした。しかし昭和一八年三月に五一歳で亡くなっていたのです。虚子はカーテンに残された浜口の名から、早世した弟子を偲んだのでした。

翌一七日、院内で散髪しようとした虚子のもとに、みづほが訪れました。

診察著の儘《まま》でみづほ教授が来た。みづほ君と話しながら床屋に髪を刈らせた。みづほ教授を話し相手にしながら髪を刈ると云《い》ふのはこの病院にゐて少し礼を失する事であるかと思はれた。

診察着姿のみづほは、弟子の「中田みづほ君」ではなく、大病院の外科学教室を指導する中田瑞穂教授でした。そのみづほを横に立たせて、自分は悠々と髪を切らせている。さすがの虚子も「少し礼を失する事であるか」と感じたようです。

この日、虚子は一度素十邸に戻って夕食と入浴を済ませました。そして夜は病院に戻って泊りました。

及川仙石教授が病室に私の帰るのを待つてゐてくれた。聞く所に依ると仙石君の娘さんが眼の怪我をして入院してゐるとの事であつた。

この及川仙石も虚子門の俳人で、衛生学の教授でした。ひとり病室に残されて心細い思いをしているのではないかと虚子の様子をみにきたのでしょう。別の科の教授が、患者ひとりのために夜まで病室で待っているようなことは、もちろん普通はありえない話です。

## 3、入院中の句会

四月一八日は、虚子が新潟に来て初めての句会が催されました。かき正《まさ》こと橋本春霞《しゅんか》君が生きのい、鰈《かれい》とかながしらを、佐藤仁也君がきぬごし豆腐と色々の野菜を持つて来て呉《く》れた。病院の帰路に立寄つたみづほ君を混《まじ》へて、素十、春霞、仁也君と小句会を催した。

この日は、素十邸で少人数の句会が催されました。句会に参加した橋本春霞は、古町《ふるまち》の割烹料理店「かき正」の主人で、やはり虚子門の俳人でした。また佐藤仁也は、亀田の農家で、虚子門の古い俳人であった佐藤暁華の息子で、自身も俳人でした。

翌一九日には、院内で俳句会が催されています。

七時、田阪内科の医務室で三柏会の俳句会があつた。みづほ素十両君と共に私も出席した。三柏会員の他に馬刀、游魚（中本注、正確には「遊魚」）、先頭、其園、草也諸君の顔も見えた。当時、新潟医科大学には、故浜口今夜を追慕する俳句会「三柏会」がありました。今夜の紋が三つ柏であるところから、みづほが命名したのです。この日の句会には、素十やみづほだけでなく、長谷川馬刀、小山遊魚、亀山先頭、亀山其園、長谷川草也ら多くの医師が参加しました。

ここで俳句会（句会）について、簡単に説明しておきましょう。参加者は、あらかじめ決められた数の俳句を作って、短冊《たんざく》（細長く切った紙）に一句ずつ無記名で記入します。そして締切時間までに短冊を提出します。次に、提出された短冊をシャッフルし、全員で別の紙（少し大きめのもの）

に数句ずつ転記します。この紙は清記《せいき》と呼ばれます。

次に、この清記を全員で回覧し、その中で優れた句（ただし自分の提出した句以外）を選んで、それぞれ紙に書き写します。すべての清記用紙を読んだあと、あらかじめ決められた句数に絞り込んで、選句用紙を提出します。ただし、虚子のような指導者だけは、その決められた数に制限されず、多くの句を選ぶことがありました。これは虚子自身が望んだというよりも、虚子に一句でも多く自作を選ばれたい弟子たちの求めに応じたものといえます。

選句が終わると、披講《ひこう》に移ります。披講を担当する人は、全員から集めた選句を読み上げます。自身の俳句が読まれると、すかさず「虚子」、「素十」などと作者が名乗ります。ここで初めて、句の作者が明かされることになります。すべての披講が終わると、あとは講評や意見交換などが行われて、句会は終了となりました。

この句会は、師弟関係や職場の上下関係は関係なく、全員が平等な立場で参加できるところに魅力があります。大学や病院には上下関係が存在しますが、句会では教授も、新米医師も、看護師も、学生も、あるいは外部の人も、みな平等です。新潟医科大学には、俳人医師が多く在籍したことから、句会活動が盛んでした。

さて二一日は日曜で、入院患者の虚子も自由行動を許されていました。この日も虚子周辺では句会が行われています。

十時高野邸へ行つて、小切れの画箋紙に、萋子《しげこ》霊前に捧げる句を書いた。萋子と言ふのはみづほ君の前の細君《さいくん》の事である。その妻子忌《しげこき》の俳句会が今日郊外の寺で催されるとの事であつたので、参会しようかと思つたのであるが、病院からはかなり距離があるとの事で、素十君からの勧告もあり、思ひ止つたのであつた。

みづほの前妻妻子もやはり俳人でしたが、幼い子を残して若くして亡くなっていました。虚子は妻子を偲ぶ句を作って、欠席した句会に送ったのでした。「句日記」(『ホトトギス』昭和二二年四月号)によると、妻子を偲ぶ句は、

家桜今盛りなり安んぜよ　虚子

という作だったようです。〈いま満開の桜のように、みづほの家も活気に満ちている、泉下《せんか》の妻子も安心しなさい〉という内容でした。

## 4、虚子の入院生活を支えた俳人たち

このように虚子の入院生活中には、多くの俳人たちが関わりました。法医学教授の高野素十、外科教授の中田みづほを中心として、その家族や同僚医師たちが虚子をサポートする態勢を作っていたのです。改めて、どのような人々が虚子を支えたのか「桜に包まれて」を読みながら確認してみましょう。

病院に入った四月一六日、内科の田坂定孝の診察を受けた虚子は、夕飯のために素十邸を訪れます。

それ等《ら》を済ませた所へ、自分の教室を出て立寄つたみづほ教授と、素十、年尾と四人で、一先《ま》づ素十邸へ帰る事になつた。（中略）九時過ぎ冨士子《ふじこ》夫人、年尾に送られて病院に戻つた。十四夜と思はれる月が昼よりも明るい位であつた。誠に春の夜と言ふ感じであつた。冨士子夫人が何くれとなく世話をして呉《く》れたが、やがて年尾と共に帰つて行つた。

入院中の虚子身辺の世話を担当したのは、素十の妻の高野冨士子でした。冨士子もやはり俳人で、夫とともに虚子に師事していました。一般に入院生活は、看病に当たる患者の家族にも大きな負担を強います。息子の年尾が新潟を離れると、周辺に家族のいなくなる虚子にとって、素十・冨士子夫妻は家族代わりとなりました。冨士子の世話は、彼女が自宅に帰ってからも続きます。

冨士子夫人の心遣ひから夜中にどんな事があるかも知れぬと言ふので、屈強なはるといふ女中を次の間に泊らせた。そのはるさんの来たのも今朝早く帰つたのも知らずに眠つた。

冨士子は、万一に備えて女中のおはるを病院に待機させていました。そのおはるがいることに気づかないほど、虚子はよく休むことができました。

翌一七日からは、虚子の検査が始まります。

特に私の係になつた小黒芦川（中本注、正確には「蘆川」）学士が来て、同じく私の係になつた秋山看護婦と二人で、私の耳の血を採つた。それが終つて素十君の家からおはるさんが朝食を運んで呉《く》れ、部屋の掃除をもして呉《く》れた。（中略）芦川学士は浜口教授の教へ子の一人であつた。

虚子の担当医になったのは、内科の医師小黒蘆川でした。蘆川は俳号で、やはり彼も俳人でした。特にみづほと素十が指導する俳句雑誌『まはぎ』の編集と事務を担い、みづほ、素十から全幅の信頼を寄せられていました。蘆川が虚子の担当医になったのも、これを機会に虚子の知遇を得させようと、みづほらが配慮したのでしょう。

蘆川のほかにも、皮膚科の小山遊魚が虚子の患部を診たり、法医学教室雇員の永松西瓜が身辺の世話をしてくれたりしました。また、衛生学教授の及川仙石も、娘に花を届けさせたり、見舞いに訪れたりしています。いずれも熱心な医大俳句会のメンバーでした。

退院の前日の二四日は、素十邸で大雪崩会の句会が行われました。

高野邸に行く。今は妓をやめてゐる、桂《かつら》、太郎を始め、大雪崩会の会員がだん〳〵と集つて来た。

会が終つた時分は大雨になつて来た。その中を芦川、游魚、支葉、太郎、桂、春霞、西瓜等の諸君が夫々《それぞれ》傘を傾けたり褄《つま》をはしよつたりして帰つて行つた。

大雪崩会は、新潟医科大学教授（精神病学）であった中村力中の肝煎りで設立された俳句会でした。この日は、元芸妓の花岡かつらと月嶋太郎、あるいは先に紹介した橋本春霞らだけでなく、新潟医科大学の小山遊魚、小黒蘆川たちも参加しています。医師たちは職場を離れたところでも、句会に参加しているのです。

その晩、虚子は素十と一緒にみづほ邸を訪れます。

素十君と一緒にみづほ邸に赴いた。今日は偶々《たまたま》みづほ君の誕生日にあたるので、おとめ夫人が心尽しの夕食の御馳走が卓上に広げられた。御馳走が終つた時分に紅白の大福餅が出た。

この晩は、みづほの妻のとめのによって、夕飯が振舞われました。みづほも家族ぐるみで虚子をもてなしたのです。

二五日、虚子は約一〇日間の入院生活を終えて、疎開先の小諸への帰路につきました。「桜に包まれて」は、次のように締めくくられています。

素十君は小諸に私を送つて行くとの事であつて、同行することになつた。及川仙石君が停車場まで見送りに来て呉《く》れた。小黒芦川君が次の駅の沼足《ぬつたり》（中本注、正確には「沼垂《ぬつたり》」）迄送つて来て呉《く》れた。途中の桜はもう葉桜になつてゐる所もあつたが、まだ花の盛りの所もあつた。

ここまで新潟医科大学附属病院における虚子の入院生活をみてきました。虚子は、病院内だけでなく、入院生活の前後や外出時も、新潟の俳人たちに囲まれて過ごしました。俳壇の第一人者である虚子は、日本だけでなく海外にも多くの弟子がいました。しかし入院生活の約一〇日間だけで、これほど多くの俳人が登場するのは、やはり特別なことといわざるを得ません。なぜ新潟、特に新潟医科大学附属病院には、多くの俳人がいたのでしょうか。

次章からは、新潟医科大学創設のころにさかのぼって、どのようにして医科大学で俳句が盛んになったのかみていきたいと思います。

# 第一章　中田みづほと俳誌『まはぎ』創刊

## 1、帝大俳句会時代のみづほ

大正の初めごろ、高浜虚子《きよし》は小説の道を断念し、俳句への復帰を決意しました。当時俳壇を席巻していた河東碧梧桐《かわひがしへきごとう》の新傾向俳句に対して、

霜《しも》降れば霜を楯《たて》とす法《のり》の城　　虚子

春風や闘志いだきて丘に立つ

という句で対決を宣言したのはよく知られる通りです。虚子が俳壇に復帰したころ、東京帝国大学の学生の中で、句会を楽しむ者たちがいました。伊藤瓢石、高田葱生、大塚河骨といった学生たちは、先輩の長谷川零余子《れいよし》を中心として、趣味で俳句に遊んでいました。

大正五年（一九一六）秋、中田みづほは彼らの誘いで初めて学生句会に参加しました。みづほは、明治二六年（一八九三）島根県の生まれ。津和野藩の鉄砲方の子孫で、父は医師でした。旧制第六高等学校を卒業して、東京帝国大学に入学します。句会に出始めたころは、医科大学（医学部）の学生でした。

大正五年、帝大《ていだい》俳句会が正式に発足しました。第一回の句会は一一月一五日に根津権現の娯楽園で開かれました。この帝大俳句会には虚子も出席しています。翌六年一二月、みづほは医科大学を

卒業しました。虚子『贈答句集』(菁柿堂、昭和二一年)には、次のような句がみられます。

大正六年十二月・帝大俳句会卒業生におくる。みづほ其他

各々《おのおの》は白玉椿衿《えり》青し

翌七年一月に同大学近藤次繁《つぎしげ》外科教室に入局したみづほは、以後の四年間を副手《ふくしゅ》、助手として勤務しました。大学では近藤の信頼も厚く、秀才として知られたようです。次第に医局の仕事が忙しくなったみづほは、雑詠の投句も休みがちになりました。ただ『ホトトギス』の購読は止めず、句会にもしばしば参加していました。

大正九年に軽い脳溢血《のういっけつ》になった虚子は、以後長く酒を断つことになりますが、このころは大酒も珍しくありませんでした。みづほは、当時の虚子について、次のように記しています(「俳諧自叙《はいかいじじょ》伝《でん》」『まはぎ』昭和八年六月号)。

その頃は虚子先生もまだ仲々《なかなか》お酒のすゝんだ頃だからいろ〳〵の面白い思ひ出がある。その忘年会も大分酔《だいぶよい》のまはつた頃に先生が大へん面白いおどけた踊りをやつて見せられたことは、一生忘れかねる印象である。その夜の写真が未《いま》だ自分の手許にあるが、虚子先生のうしろからチビのお酌が先生の頭上から何だか腰ばせの飾のやうなものを額の前にぶらさげたところがはつきりと映つて居る。

みづほの虚子に対する最初の印象は、若者たちと大酒を飲む姿だったようです。やがてみづほはホトトギス発行所にも出入りするようになり、また雑詠への投句も始めました。

この帝大俳句会は発足から二、三年のうちに自然消滅してしまいます。またこのときの句会仲間は、零余子の独立に従って『枯野』に移りましたが、みづほだけは虚子に師事し続けました。みづほと同世代の俳人たち、具体的には水原秋櫻子《しゅうおうし》、高野素十《すじゅう》らが虚子に会うのは、虚子が酒を断ったあとでした。帝大俳句会に参加し、虚子と大酒を飲んだというみづほの経験は、二人の師弟関係を考える上で重要なポイントになります。

## 2、みづほの新潟医科大学赴任

大正一一年四月、官立新潟医学専門学校が医科大学に昇格して新潟医科大学となりました。みづほは、附属医学専門部教授大学助教授を命じられ、二月に新潟へ赴任しました。中田瑞穂《みずほ》「私の就任当時」（『新潟大学医学部五十年史』）には、外科助教授として着任した当時が回顧されています。

> 私は大正十一年の二月に当時まだ上越線開通のなかつたため、磐越線又は岩越線《がんえつせん》といわれた郡山廻りか軽井沢を通る信越線かの二つの道しか東京と新潟の交通はなかつたので、私はこのうちの信越線を経て新潟についた。当時の小川事務官という中爺さんが、肩から上だけのマントというかフードというか、それを粉雪まみれにして駅＝これも旧《ふる》いこわれかけた木造の新潟駅に迎えに出て居て、それから人力車で四百八十間、高浜虚子先生が、大正十三年秋新潟へ来られ、篠田に泊られた時に詠まれた句
>
> 千二百七十歩なり露の橋　　虚子

にあるように実に長い木橋万代橋《ばんだいばし》を、吹雪に横なぐりに吹かれながら、何ともうす暗い宿へつれて来られた。

以後、在外研究にともなう数年間の洋行を除くと、みづほは生涯を新潟市で暮らすことになります。

高浜虚子「千二百七十歩なり露の橋」句碑（中本撮影）

この新潟赴任の直前、水原秋櫻子とみづほとの間に帝大俳句会を復興しようという話が持ち上がりました。以前の帝大俳句会で残っていたのがみづほだけであったため、筋を通すために秋櫻子は、最初にみづほの同意を求めたのでしょう。その先は秋櫻子がホトトギス発行所に行って、虚子に句会指導を依頼しました。そこで学生の山口誓子《せいし》や卒業生で逓信《ていしん》官僚の富安風生《とみやすふうせい》、さらに工学部助教授の山口吉郎《きちろう》（青邨《せいそん》）らにも声を掛けることになりました。また虚子は、会場として発行所を使用することも快諾しました。

そのようにして復興された帝大俳句会の第一回について、秋櫻子は「帝大俳句会復興句会」（『ホトトギス』大正一一年五月号）に次のよう記しています。

中田みづほ氏主唱の下に帝大俳句会が復興された。そして虚子先生の御厚意によつて、ホト、ギス発行所を拝借して、四月八日午後五時から第一回を開くことが出来た。急な催しで通知などが行渡《いきわた》らなかつた為会者《ためかいしゃ》五名、萩若葉を課して句作した。（中略）今後毎月の例会に、発行所を御借し下《原文ノママ》さることになつたのは、吾々にとつて何より幸福なことである。どうか帝大の学生及び卒業生の中で、熱心な方の御参加を待つ

初回の参加者は、虚子、みづほ、風生、誓子、秋櫻子、菫でした。秋櫻子は「中田みづほ氏主唱の下に」と記していますが、実際は秋櫻子が中心になって動いており、毎月の幹事も秋櫻子が務めました。この帝大俳句会は、やがて東大俳句会と呼ばれるようになります。

東大俳句会が再開された大正一一年四月は、ちょうどみづほが新潟医科大学に着任した月でした。新潟に来たばかりのみづほには、俳句の知り合いが全くいませんでした。まだこのころは上京の折に出席する東大俳句会が、みづほの俳句活動のほとんど唯一だったのです。

着任当時を振り返って、みづほは「私の就任当時」にこのように書いています。

その外科の医局員の中には私の卒業よりも一年も数年も古いのがいて、私を青二才視し、意地悪い目で半《なか》ば何するものだという気持をもつていたのは無理もないことである。当時の医局長や、医局員、婦長などから、積極的ではないが、消極的に不服従のいやがらせの振舞をされることは時々あつた。こちらも卒業四年強で新制大学の助教授として入つて来たのだから、医専の古い卒業生、古参《こさん》の助手としては、素直に受け入れたくない気持であつたのは当然かも知れない。

みづほが来たとき、外科の教授は池田廉一郎でした。池田は、新潟医学専門学校の第二代校長で、

医科大学昇格後もそのまま学長を務めていました。教授の池田が学長職で多忙のため、外科学教室の指導はみづほが担うことが多くなりました。また整形外科教室の本島一郎教授が海外留学中であったため、みづほは整形外科も担当させられました。

## 3、浜口今夜と新潟医大俳句会の発足

みづほと一緒に東京帝国大学から赴任したのが、内科の浜口一郎でした。教授の富永忠司《とみながちゅうじ》が大正一一年二月に外遊に出たことや、医学専門学校が医科大学に昇格したことによる人事でした。まだこのころは俳句を始めていませんが、以後は浜口今夜で通すことにします。

今夜は、明治二六年（一八九三）七月二三日、和歌山県西牟婁郡《にしむろぐん》富二橋村《ふじばしむら》大字二邑（現串本町）に生まれました。大正七年東京帝国大学医科大学を卒業し、内科を専攻しました。同一一年四月一日、新潟医科大学助教授に任命されます。一緒に着任したみづほとは、生涯にわたって同僚として、また俳句の盟友として親しく付き合うことになります。

翌一二年九月一日、関東大震災が発生します。新潟医科大学附属病院では直ちに救護班が組織され、第一班は九月六日から一四日までの九日間、日暮里方面に派遣されました。このとき今夜はみづほとともに現地に入っています。翌一三年教授の富永忠司が帰国し、入れ替わるように今度は今夜に欧州留学の官命が下ります。ちょうどそのころ『ホトトギス』大正一三年一一月号雑詠において、中田みづほと並んで浜口今夜の句が掲載されました。

起《おこ》し絵の義士の一人を焦《こが》しけり　新潟　浜口　今夜
帰省子《きせいし》につゞら折りなる峠かな　同
行水《ぎょうずい》や声かけられて捨つをやめ　新潟　中田みづほ
吊り上げてすこし下げたる灯籠《とうろ》かな　同

今夜が俳句を始めたのは、みづほと一緒に新潟に赴任したころのようです。「今夜」はみづほが考えた俳号でした。以後、今夜は『ホトトギス』の投句を通して、虚子の指導を受けるようになります。

このように教員二人が俳句を作るようになったことから、家田小刀子《いえたしょうとうし》を中心として「医大学生俳句会」が誕生しました。さらに「医大俳句会」も設立されます。「新潟医大俳句会発会記」（『まはぎ』昭和七年七月号）において、小刀子は、次のように記しています。

龍門、和雄、両氏のお骨折りにより当然生《うま》るべきだつた新潟医大俳句会発会式が催されたのは暑い七月廿五日午後八時、あの高台にある池原記念館に於てでありました。みづほ、今夜、仙石の諸先生、それに外科からは唐津、田中、富田、吉田と私生理教室の河路さん龍門、和雄の二人と云ふ少数ではありますが親しみ深い集ひでした。暑い上に扇風器がないのでテーブルを窓に片寄せて始めました。すぐ今夜先生の御発案通り名称は新潟医大俳句会と定り会員は大学関係の人は誰でもよいと云ふことになり会費は一ヶ月十銭位とし月の最後の月曜日を例会とすること、幹事は龍門、和雄両氏にお願ひすること、派手でなく併《しか》しがつちりしたものを出来るだけ永久的にやつて行かうといふことに定りました。

俳句会の組織は、句会を定期的に開催することに尽きます。参加を希望する者が、俳句を持ち寄って句会を行い、そのあとで必要な決めごとをしていきます。新潟医大俳句会の場合も、教員と学生が集って、句会を行うことで結成されました。

さらに「新潟医大俳句会吟行記」（『まはぎ』昭和七年一一月号）には、初めての吟行《ぎんこう》の記事が載せられています。

十月三十日、発会以来はじめての吟行である。午後一時半、関屋大川前のバス終点に集合、会するもの、みづほ、今夜両先生はじめ小刀子、さだを、唐津、孫次郎、春芳、岳子、龍門の九人、それにみづほ先生夫人も見えられた。この日絶好の吟行日和とも云ふべきよい天気で、堀《ほり》割《わり》から青山の向ふまで、てんでに漫歩苦吟、四時過ぎになつてから一同大学へ帰つて来て、ひともし頃の白山を窓外に外科の診察室で句会を催す。

吟行とは、公園や山村などに行って、参加者みんなで俳句を作ることです。吟行地は屋内でも、都会でもかまわないのですが、多くの季題をみるのが目的ですので、おのずと自然の豊かな場所が求められます。このときは、関屋大川が選ばれました。現在、このあたりは関屋分水路（信濃川の分水路のひとつ）がありますが、関屋分水路の通水は昭和四七年（一九七二）のため、まだ存在しません。そこで信濃川の本流沿いの風景をみて歩いたのでしょう。吟行のあとは、必ず句会が催されます。この日の句会は、大学に戻って外科の診察室で行われました。

## 4、俳句雑誌『まはぎ』創刊

大正一三年九月、虚子が久しぶりに新潟を訪れました。「北陸の俳句界」(『ホトトギス』大正一三年一二月号)には、虚子が新潟旅行を振り返って、次のように述べています。

新潟の俳句界は中田みづほ君を中心に起《おこ》つたと言つてよい。みづほ君を中心にして新潟医大仲間に三四の同人が出来、それに地方在住の人に佐藤念腹《ねんぷく》君があつて、これに響応《きょうおう》し、俳句復興の気運が漸《ようや》く盛んならんとして居る。医科大学内の池原記念館に県下の俳句大会を催して来会者が四十五名に達した。

新潟で虚子を迎えたのは、みづほを中心とする新潟医科大学の俳人たちでした。さらに新潟で実力を付けてきた佐藤念腹らが加わって、新潟県人ばかりで俳句大会を開催してみせました。この俳句会の兼題《けんだい》(句会に当たって出される題のこと)は「萩《はぎ》」でした。みづほらが俳句会の名称を虚子に求めると、虚子は兼題の「萩」から「真萩会《まはぎかい》」と名づけました。

翌一四年、みづほは在外研究員として渡欧し、主としてハイデルベルグの外科教室でエンデルレン教授に師事しました。みづほの代表句である、

ハイデルベルヒ　エンデルレン先生
刻々と手術は進む深雪《みゆき》かな　みづほ

は、洋行中に詠まれたのでした。二年余りをヨーロッパで過ごした彼は、昭和二年五月に帰国しました。みづほが渡欧した直後の大正一四年三月末、外科教授の池田廉一郎が退職していました。中

田瑞穂「私の就任当時」（『新潟大学医学部五十年史』）には、次のように記されています。

> 私が留学から帰つて、外科の池田先生退職による欠員の補充に際し、私が若過ぎる――三十四歳――というので、教授会でも相当問題だつたそうであるが、兎《と》に角《かく》教授に任命された。危ぶまれたのは無理もない。しかし、長らく世の中を見ていると、ある指導的立場に置かれさえすれば私のような平凡人でも、そのうちに、どうにか役目の出来るようになれるものらしい。その地位を得るかどうかが運の別れ目である。

以後、昭和三一年（一九五六）四月の停年退職までの約三〇年間、みづほは外科の教授を務めました。

ところで、海外から戻ったみづほに対し、亀田の農家で『ホトトギス』の有力作家でもあった佐藤暁華が、新潟から俳句雑誌を出そうと提案してきました。みづほの留守中、新潟の『ホトトギス』をリードしていた佐藤念腹がブラジルに移住したために、句会がかつてのような活気を失っていたのです。この状況を打開するために、指導者としてみづほ、今夜の二人に協力して欲しいと依頼したのでした。昭和四年九月、みづほ、今夜を指導者として、新潟の『ホトトギス』系俳句雑誌『まはぎ』が創刊されました。創刊号「発刊の言葉」の冒頭には、次のような言葉が掲げられました。

> 『まはぎ』は花鳥諷詠《かちょうふうえい》の芸術としての俳句を讃仰《さんこう》し、その創作と鑑賞とを以て生命とするものの集団である。

「花鳥諷詠」とは、この時期の虚子が掲げた俳句のスローガンでした。『まはぎ』は、冒頭から虚子の俳句を信奉することを宣言したのです。表紙の「まはぎ」という題字は、虚子に揮毫《きごう》してもらいました。「発刊の言葉」は、さらに次のように記されます。

加ふるに『まはぎ』もいつまでも渺《びょう》たる田舎雑誌を以て自ら足れりとするものではない。どうか我等は遠からざる将来に於て一大飛躍を遂げ、我派の先進雑誌に伍《ご》して全国的に進出したいものである。

このように『まはぎ』は、新潟の地方雑誌にとどまるのではなく、いずれは全国進出を目指すとしています。水原秋櫻子から「近詠」として五句寄稿してもらったことは、新潟だけを意識した雑誌ではなかったことを示しています。

また「雑詠選者《ざつえいせんじゃ》として」において、みづほは次のように記しています。

私は、俳句を作る暇さへやつとのことである。況《いわ》んや選句おや《原文ノママ》である。しかし、私は、今の世の中に俳句俳句といひながら、ほんとうに文芸として価値のある俳句をつくる人のあまりにも少ないことを痛感して居る。（中略）一面からいへば、いらぬおせつかいでも

『まはぎ』（中本所蔵）

あるが、兎《と》に角《かく》私等のこの運動が、諸君の熱心なる協力、勉励によつて、又忌憚《きたん》なく選し選せられることによる練磨によつて、少しづゝでも其の目的に近づけるやうになることに一生懸命になりたいと思ふ。

多くの俳句雑誌は、ひとりの主宰が多数の会員（雑詠の投句者）を指導する形をとります。しかし『まはぎ』の場合は、みづほ、今夜の二人が指導役となり、共同代表制のような指導態勢となりました。その上で、雑誌の看板である雑詠はみづほが選者となりましたので『まはぎ』の事実上の主宰は、みづほだったといってよいでしょう。それは今夜が雑詠に投句し、みづほの選を仰いでいることからもうかがえます（みづほは今夜の選を受けていません）。今夜は、発刊当初は課題句、その後「当季《とうき》雑詠」の選者を務め、特に初心者の指導を担当しました。

このように順調な滑り出しにみえた『まはぎ』でしたが、月刊誌のため定期刊行には大変な苦労がともなったようです。当初は今夜が編集を担当していましたが、多忙のために刊行が遅れました。当然、会員からは苦情が来ます。そこで昭和七、八年は、今夜の弟の浜口清六郎が編集を担当しました。この清六郎の奮闘により、遅れがちだった『まはぎ』の刊行のペースも取り戻されたのです。

## 5、みづほの『ホトトギス』選者、同人推挙

ここで視点を新潟から全国に広げて、当時の俳句界の状況をみておきましょう。『ホトトギス』

昭和四年一月号に、山口青邨「どこか実のある話」という関西俳句大会の講演録が掲載されました。

今日わが俳壇に於《おい》て天下に気を吐き、天下の人心を収攬《しゅうらん》し、喜ばれ、推賞おく能《あた》はざらしめる作家を挙げて見るならば、それらの人達は皆独自の境地を拓《ひら》いてゐる人達であります。秋櫻子君にしても、素十君にしても、青畝《せいほ》君にしても、誓子君にしてもさうであります。この四人は何と言つても今日俳壇の寵児であり流行児であります。

その上で青邨は「東に秋素の二Sあり！、西に青誓の二Sあり！」と述べました。水原秋櫻子、高野素十、阿波野青畝、山口誓子の四人は、そのイニシャルから「四S」と呼ばれるようになりました。この「四S」という呼称は、昭和初期の『ホトトギス』黄金時代を象徴するもので、近代俳句史では「四S時代」などとも呼ばれます。

続いて虚子が「写生といふこと」という講演を行い、

此《この》四君のうちで純写生派と目すべきものは素十君一人で、他は何れも純写生派ではありません。それも比較的の話で素十君に較《くら》べると何れも多少理想派がかつた色彩を持て居ます。然《しか》し何《いず》れも熱心な写生信者であります。

と述べました。虚子は四Sの全員の作品を認めた上で、特に素十を「純写生派」と位置づけました。このような虚子のとらえ方は、同年に創刊された『まはぎ』にも強い影響を及ぼすようになります。

さて、同年の『ホトトギス』昭和四年一二月号には、次のような社告が掲示されました。

左記諸氏を同人に推す。

相島虚吼、村上鬼城、飯田蛇笏、西山泊雲、野村泊月、岩木躑躅、田中王城、山本村家、山崎楽堂、前田普羅、原石鼎、池内たけし、鈴木花蓑、楠目橙黄子、鈴鹿野風呂、藤田耕雪、日野草城、中田みづほ、水原秋櫻子、阿波野青畝、山口誓子、高野素十、村尾公羽、赤星水竹居、富安風生、山口青邨、清原枴童、吉岡禅寺洞、斎藤雨意、

左記諸氏を選者に推す。

阿波野青畝、水原秋櫻子、山口誓子、中田みづほ、川端茅舎、後藤夜半、松本たかし、松藤夏山、

みづほは秋櫻子、山口誓子らとともに同人・選者に推挙されました。そもそも『ホトトギス』の同人は、雑詠の成績がよい者、言い換えれば『ホトトギス』の代表作家であることを示すものでした。村上鬼城《きじょう》や飯田蛇笏《だこつ》、原石鼎《せきてい》など、大正前期から活躍する俳人はもちろん、大正末期から昭和初期にかけて登場した若い作家たちも含まれています。俳句雑誌によっては、同人は主宰の選を受けずに作品を掲載できるなどの特別待遇がある場合もありますが『ホトトギス』では「同人といふたればとて何も権利も義務もなきものに候《そうろう》」とされました。

一方、選者に指名された者をみると、素十を除く「四S」の名前がみえます。素十が入っていないのは、このころ医学研究に専念するために『ホトトギス』への投句を休んでいたからでした。さらに選者には、川端茅舎《ぼうしゃ》、後藤夜半《やはん》、松本たかしなど、当時の雑詠で活躍した気鋭の若手の名前が並びます。そしてその中に、みづほの名前も含まれているのです。実際のところ雑詠におけるみづ

ほの成績は、ほかの選者たちと比較すると明らかに見劣りしました。水原秋櫻子は、みづほについて「作者としても鍛錬された腕を持つてゐるが、ホトトギスの代表作者といふには遠い存在である」（『高濱虚子 並に周囲の作者達』文芸春秋新社、昭和二七年）と述べています。虚子のこの発表に対しては、秋櫻子以外にも首を傾げる者が少なくなかったと想像されます。

見方を変えると、虚子は俳句の実力以上に、みづほを高く評価していたのです。まず人物を認めていたのでしょう。それに加えて、まだ新傾向俳句の勢力が強かった大正初年から虚子の指導を受け、新潟医科大学に移ってからは新潟に『ホトトギス』の一大勢力を築いていることも、みづほに対する高い評価につながったのではないでしょうか。

## 6、「句修業漫談」の連載

『まはぎ』昭和四年一二月号には、みづほと今夜の対談「句修業漫談《くしゅぎょうまんだん》」が掲載されました。この対談は「続句修業漫談」（『まはぎ』昭和五年一月号）、「続続句修業漫談」（『まはぎ』同年二月号）、「五作家のホトトギス雑詠原稿―句修業漫談のつゞき―」（『まはぎ』同年三月号）、「我々自身の句の批評―句修業漫談の続き―」（『まはぎ』同年四月号）などの形で毎月掲載されました。当初は初心者向けの入門的な内容を心がけたのでしょうが、やがて当時の『ホトトギス』に対する遠慮のない発言に及ぶようになります。

そして『まはぎ』昭和五年七月号には「秋櫻子と素十―句修業漫談のつゞき―」が掲載されまし

た。当時『ホトトギス』雑詠で活躍していた水原秋櫻子と高野素十を取り上げ、その対照的な句風について、特にみづほが自説を展開しています。みづほは、この年に句集『葛飾』（馬酔木発行所、昭和五年）を発表し、高い評価を得ていた秋櫻子と比較して、素十の写生句が本当に理解されているとはいえないと指摘し、素十句がいかに優れているかを力説しています。例えば、

一面から云へば極端なる省筆である。従《したが》つて素十君の技巧といふものは、ものを加へる技巧、即ちポシチーヴのものではなく、ものを取り除く、夾雑物《きょうざつぶつ》をのぞくネカチーヴの技巧ともいふことが出来やうかと思ふ。かくの如くして再現された自然の真の勢力は、其《それ》を受けとるべき検波《けんぱ》器《き》をもちあはせたものに、感覚を呼び覚さぬわけはないのである。

というように、素十の技巧は省略にあるとしています。そして素十の近作を紹介して、その読み方を示しています。なぜみづほは、これほどまでに素十に惚れ込んだのでしょうか。秋櫻子は『高濱虚子 並に周囲の作者達』の中で、みづほが素十の写生句を高く評価する理由について、次のように考えています。

みづほは以前から頭の中で句を造《つく》りあげる傾向を持つてゐて、私達の如《ごと》く吟行で自然描写力を鍛へることを殆《ほとん》どしなかつた。そのため素十のこまかい描写を見ておどろくのである。さうして自分の驚きを私達にも無理強《じ》ひに強ひようといふのである。

秋櫻子には、みづほの俳句の力量不足が、素十に対する偏った評価につながっているようにみえたのでした。そもそもこの「秋櫻子と素十」を読んだ秋櫻子は、みづほの素十に対する高い評価が理

解できずにいました。詳細は次章に譲りますが、もともと素十は秋櫻子の手ほどきで俳句を始めました。その素十を自分と比較し、常に素十を持ち上げるような発言を続けるみづほに対して反発を覚えたようです。秋櫻子の厳しい目は、みづほの対談相手である今夜に対しても向けられます。

元来彼は学生時代非常な勉強家で、成績も優秀であつたが、多くの友を作らず、講釈の寄席にばかり通つてゐた。だから俳句にもそれが影響して、「花火師の大往生でありにけり」といふ句を詠んだ。これを賞《ほ》める人もあつたが、私は嫌ひであつた。

このように秋櫻子は、今夜を作家として全く認めていませんでした。その今夜が、みづほに付き合う形とはいえ「句修業漫談」で自作を論評することが我慢ならなかったのです（実際は、今夜はほとんど発言らしい発言をしていないのですが）。

確かにみづほは「句修業漫談」において、素十の句を激賞しましたが、秋櫻子の作風を否定しているわけではありませんでした。みづほの発言からは、秋櫻子に対する配慮と、その作風に対する理解も示されています。もちろん中には、秋櫻子に対する厳しい批判もありました。

僕が怪《あや》しく思ふのは、秋櫻子君が自分の行き方の是《ぜ》なるを認める他面に於て、素十君の行く道を是認しないことである。（中略）これは秋櫻子君が自己を絶対に信じて居る故と素十君の句の、前掲のごときものが、スケツチ帖に類するものに過ぎず、何故に大作を心掛けぬのだらうと怪しむ心、即《すなわち》素十君の句に対して我々が感ずるやうなことと感じない。そしてもしそんなものがあつてもそれは価値のないことだときめてかゝつて居るからではないかと思ふ。

みづほが秋櫻子に対して特に不満だったのは、素十の作風に否定的なことでした。秋櫻子のような作風があってもよいし、素十のような作風があってもよい、というのがみづほの一貫した姿勢だったのです。

このように、かつて東大俳句会の仲間として認め合っていたみづほと秋櫻子との間には、素十の俳句に対する考えの相違、さらには不信感も生まれ始めていました。

# 第二章　高野素十と新潟医科大学

## 1、「秋櫻子と素十」の『ホトトギス』転載

『ホトトギス』昭和六年一月号は「俳句初学者のために」という特集が組まれました。その中で『まはぎ』昭和四年一二月号から転載された「句修業漫談《くしゅぎょうまんだん》（一）」がページの多くを占めました。「句修業漫談」の転載は『ホトトギス』を編集する高浜虚子の意向だったはずです。この特集では、虚子が東京日日新聞に寄稿した「俳句に志す人の為に」も転載されましたが、虚子が書いたものでもない地方雑誌の記事が『ホトトギス』に転載されることは、極めて異例でした。

『ホトトギス』の「句修業漫談」転載は一月号だけで終わらず、二月号にも継続されました。さらに三月号には「秋櫻子と素十」が転載されたのでした。中田みづほ「茅舎《ぼうしゃ》の手紙」（『ホトトギス』昭和一六年九月号）には、川端茅舎からみづほに送られた手紙（昭和六年八月二五日付）が紹介されています。

まはぎを有難《ありがと》うございます、句修業漫談特《原文ノママ》は「秋櫻子と素十」を大へん面白く拝見いたしました。先日秋櫻子先生見えたときこの話が出て「僕の反対理由を黙殺《もくさつ》してゐるのは不当だ」と申され「今むづかしい本を読んで戦闘準備中だ」と笑つてをられました、取敢《とりあえ》ず御礼まで。

もともと水原秋櫻子は『ホトトギス』一月号の「句修業漫談」転載に不満を抱いていました。そこ

にさらに「秋櫻子と素十」が転載されたことで、いよいよその不満の矛先が虚子に向けられることになります。『高濱虚子 並に周囲の作者達』には、次のように述べています。

私は「秋櫻子と素十」を読んで、あまりの無理解に腹がたつたから、反駁文《はんばくぶん》を書かうと思つたが、事は地方雑誌「まはぎ」に起つたものであり、且つみづほは東大俳句会の先輩であることを考へて我慢してしまつたけれど、「句修業漫談」がホトトギスに連載され、この一項もまた載ることになれば、私はホトトギスを去るか、或は馬酔木《あしび》誌上に駁論《ばくろん》を書くか、とる道は二つの他にないと思つた。しかし後者の方を選んだところで、結局は同じことで、おそかれ早かれ、ホトトギスに居る気持は無くなるわけである。

前章でみたように「秋櫻子と素十」は、昭和五年に『まはぎ』に掲載された記事でした。すでに秋櫻子は不快感を抱いていましたが、この段階では所詮田舎雑誌の記事だとして、まだ無視することができました。しかし記事が『ホトトギス』に転載されたことによって、秋櫻子の心は完全に虚子と『ホトトギス』から離れたのでした。

## 2、秋櫻子の『ホトトギス』離脱

秋櫻子は自身の雑誌である『馬酔木』昭和六年一〇月号に「自然の真と文芸上の真」を発表しました。この俳論は、徹底的に「秋櫻子と素十」のみづほの論を批判する内容でした。彼は、自然主義において「「真実」といふ言葉はただ「自然の真」といふ意味に用ひられてゐた」とした上で、次のように述べています。

現今の文壇に於《おい》て、此の自然主義を認める者はない。「真実」といふ言葉は、今、専ら「文芸上の真」といふ意味に於て用ひられてゐるのである。（中略）而《しか》して「文芸上の真」とは、後に詳しく説くごとく、「自然の真」の上に最も大切なエッキスを加へたものを指すのである。

そして俳句の「真実」についても「文芸上の真」でなくてはならないと秋櫻子は主張しました。しかし「秋櫻子と素十」のみづほは「自然の真」だけを称揚していて「文芸上の真」に触れていないと批判しました。

この秋櫻子の俳論に対して、すぐにみづほと高野素十は反応しました。まずみづほは「秋櫻子君に答ふ」（『まはぎ』昭和六年一〇月号）において、次のような事実を明かしました。

然《しか》るに、事実に於ては秋櫻子君がすでに私が「まはぎ」なんかに書くづつと以前から、私の考へ、ことに素十の句を重んずることに対しては是非論戦したいと希望し、又私の「秋櫻子と素十」を書くに及んでは進んでそれに対する論を発表する意のあることを私に示されたのであつて、昭和四年六月十九日附及《および》同五年八月八日附の君の信書は明瞭にそのことを証拠立てゝ居るので、決して、秋櫻子君の書かれたやうに私が積極的に喧嘩を吹きかけたのではないことをこゝに明かにして置く。どつちでもかまはぬことだが事実をのべて置く。

『まはぎ』昭和五年七月号の「秋櫻子と素十」掲載以前から、秋櫻子がみづほの主張に疑問を持っていたこと、その問題について論争する用意のあったことが明らかにされています。みづほの「昭和四年六月十九日附」が正確であるとすれば、すでに『まはぎ』創刊前から秋櫻子はみづほの態度を批判していたことになります。

また素十は「秋櫻子君へ」（『まはぎ』同月号）において、次のように述べています。

君が「自然の真」といふものを究《きわ》めて、更に書斎に於《おい》て養つた頭脳を以《もっ》て之《これ》に「エツキス」といふものを附《つ》け加へて、謂《い》ふところの「文芸上の真」といふものに仕立て上げたにしても、之が俳句である以上は結局「自然の実相」と名付けらるべき性質のものではなからうか。則《すなわ》ちうまく行つても又々所謂《またまたいわゆる》「自然の真」に還元されたのではなからうか。

さらに前掲のみづほ「秋櫻子君に答ふ」には、次のようにも述べられています。

僕達は所謂情緒を否定はしない。しかし、これがなければ俳句でないとは考へぬ。このことは最近の「まはぎ」でも漫談として論じて居るが、もし「自然の真」プラス「エツキス」の「エツキス」が情緒感傷の類でありとすれば、それのみを重んづる《原文ノママ》理由は確《たしか》にないと云ひきれる。

このように秋櫻子の批判に対して、みづほと素十は反論しましたが、そこから本格的な論争に発展することはありませんでした。この「自然の真」や「文芸上の真」に対する理解も、議論がかみ合っていません。そもそも秋櫻子の本当の論敵は、みづほではなく、その背後にいる虚子だったからです。もしみづほひとりが相手ならば『まはぎ』に「秋櫻子と素十」が掲載された時点で、秋櫻子はみづほ批判を発表したはずです。確かに、みづほが明かしているように、早くから秋櫻子はみづほの姿勢に批判的であったようですが、実際の俳論発表には至りませんでした。当時の秋櫻子の俳壇的地位を考えれば、新潟のみづほを論破しても、ほとんど得るところはなかったはずです。それが、「秋櫻子と素十」が『ホトトギス』に転載されてから秋櫻子が批判を開始したのは、転載を決めた虚子が本当に相手だったからです。

しかしこの間、虚子は表面上、何の反応も示しませんでした。虚子が秋櫻子に反論や批判をしてこないため、秋櫻子の矛先はすべてみづほに向けざるを得なかったのでしょう。結局秋櫻子は『ホトトギス』を離脱し、虚子から独立しました。秋櫻子の『馬酔木』には多くの俊英が集い、やがて新興俳句の勃興につながっていきます。虚子は「厭《いや》な顔」(『ホトトギス』昭和六年一二月号)という秋櫻子を意識したとみられる小説を発表した以外は、秋櫻子の『ホトトギス』離脱を黙殺しました。

二年後、みづほは当時を振り返って「俳諧自叙伝―了―」(『まはぎ』昭和八年九月号)に次のように述べています。

僕は終始決して偏狭《へんきょう》なことは云はなかつたやうに思ふ。常に秋櫻子君から悪意にのみ解釈されて居たやうである。芸術の信念なんてあんなにまで極端になれるものか今もつて不思議なのだが、実際はしまひには僕も秋櫻子君の人格をさへ疑ふ心持にされたのは偽り難い事実であつた。正直な人程、ぬきさしならぬやうな運にもつて行かれる。吾々は皆まつ正直であつたためにこんなことになつたのではないかと思ふ。

この秋櫻子の『ホトトギス』離脱は、近代俳句史最大の事件ともいわれるほど、後世に大きな影響を及ぼしました。その事件が語られるとき、必ずみづほの「秋櫻子と素十」が登場します。その結果みづほは、素十と秋櫻子、あるいは虚子と秋櫻子の対立を煽った俳人と考えられがちです。その評価は措《お》くとしても、新潟の小さな俳句雑誌であった『まはぎ』が、近代俳句史に大きな影響を与えたことは事実でした。

## 3、素十の新潟医科大学着任

昭和七年三月、新潟医科大学設立時から法医学教室の教授を務めていた藤原教悦郎《きょうえつろう》が九州帝国大学教授に転出しました。この後任として、東京帝国大学法医学教室助手であった高野与己《よしみ》が助教授に採用されました。俳人高野素十が、新潟に来ることになったのです。

素十は、大正七年に東京帝国大学医科大学を卒業。これはみづほの一年後で、今夜や秋櫻子と同じでした。そのまま法医学教室の副手となり、教授の三田定則《みたさだのり》の指導を受けます。大正一〇年には助手となり、東京都内の多数の事件の法医解剖にも関わりました。

当時医局の仲間が、学位論文の執筆に向けて研究活動に励む中にあって、素十はなかなか研究をまとめようとしませんでした。そして同期や後輩が他大学の教員に採用されても、助手のまま悠々と過ごしているようにみえました。しかし、実際は素十の中にも焦りがあったのです。素十「俳句の道に入つて見て」(『ホトトギス』大正一三年一〇月号)には、次のように記されています。

去年の夏、実に情けない事には自分の日々の仕事に全く興味を失つてしまつた。然《しか》し何かせねば済まぬといふ気も心の底の方にはある。かうしたいら〳〵した倦怠《けんたい》といふ様な気持の中に、その日を送つて居た。ひゞきを失つた心とでもいふのだらう。

素十の「自分の日々の仕事」は、いうまでもなく医学研究でした。医学に対する意欲を失ったところで、自分は何をすべきなのか。素十は医学研究に代わる何かを求めました。

其時《そのとき》、其時、ほんとに其時。今思つても救はれた様な気がする。俳句ですでに玄人《くろうと》の秋櫻子君が、僕と同じ教室へ通つて居たので、門前の小僧習はぬ経をよむ位の処から俳諧《はいかい》へ入門したのである。

素十が頼りとしたのは、友人の秋櫻子が励んでいた俳句でした。いわば医学研究のプレッシャーから逃れるようにして、素十は俳句の世界に飛び込んだのでした。

素十の素質は、ただちに師の虚子に見抜かれるところとなりました。『ホトトギス』雑詠で頭角を現した彼は、特に客観写生の名手として注目されるようになります。そして水原秋櫻子、阿波野青畝《せいほ》、山口誓子《せいし》と並んで「四S」と呼ばれました。俳句を作り始めてから数年のうちに、時代を代表する作家にまで上り詰めたのです。

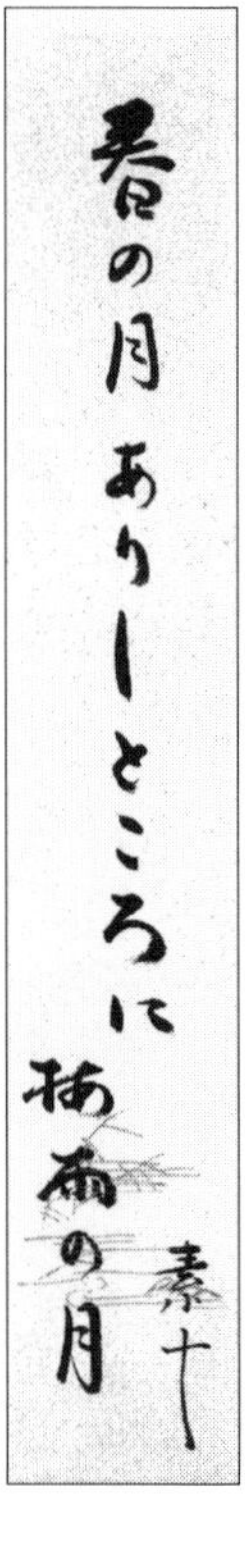

高野素十「春の月ありしところに梅雨の月」俳句短冊（中本所蔵）

さて、昭和七年七月三〇日付で助教授となった素十は、直ちにドイツ、アメリカの二年間の国費留学を命じられました。本格的に新潟に赴任する前に、研究成果をまとめることを求められたのです。「消息」（『ホトトギス』昭和七年一二月号）にて、虚子は次のように記しています。

今朝は高野素十君を東京駅頭に送りました。素十君は「先生御機嫌よく、御体を大切になすつて、さうして一日も早くいらつしやい。」といひました。いらつしやいといふことは西洋に来いといふことです。私も素十君に「御機嫌よく。あなたこそ御体を大切に。」と申しました。やがて素十君と冨士子さんとを載せた汽車は西に向ひました。四日に神戸を出る照国丸に乗つて二ヶ年間独逸《ドイツ》に留学するのです。冨士子さんは途中まで送るのです。今日は雨が淋しく降つてゐます。

虚子は、弟子の洋行に際して、東京駅まで見送りに行きました。素十と冨士子を見送ったあと、ひとり雨の東京駅に残った虚子の姿は寂しげです。二年間の期間限定とはいえ、虚子は素十と離れるのがつらかったのでしょう。

ドイツに渡った素十は、ハイデルベルグ大学のザックス教授の指導を受けました。帰国後に収録された座談会「素十を囲みて」（『ホトトギス』昭和一〇年二月号）では、素十と富安風生《とみやすふうせい》との間で、次のようなやりとりがありました。

風生。素十君、君は本当に勉強したのかね。

素十。そらあしたね、一つは意地になるからね、無暗に勉強したよ。

風生。旅行はあんまりしなかつた？

素十。勉強ばかりしたよ。

風生。青邨《せいそん》、わからんね。

素十。日本人で己《お》れくらゐ勉強した奴はなからうといふ専《もっぱ》らの評判だつたよ。

昭和九年一二月二三日、二年余りの留学を終えて素十は帰国。一ヶ月後の翌一〇年一月二三日に新潟医科大学教授に昇任しました。さらに学位論文「パラチフス腸炎菌属菌種鑑別用免疫血清に就て」にて、翌一一年二月二一日には医学博士の学位が授与されています。それから同二八年八月一五日に停年退職するまでの二一年間にわたって、学生の教育、教室員の研究指導、さらに法医学の種々の鑑定に従事したのでした。

本格的に新潟へ赴任する直前、素十は師の虚子と語り合っています。「会話」（『立子へ』桜井書店、昭和一七年）には、昭和一〇年二月の記事として、次のようなやりとりを載せています。

虚子　それでは何時頃《いつごろ》新潟へ帰ることになりましたか。学校の方も急いで居るでせうし、みづほ、今夜の諸君も待つて居ることでありませうが、かういふ話を聞く機会をなるべく多く作つて貰ひたいし、また時々は東京に出て来て面談の機会を作られることを希望するのであります。

素十　廿日頃赴任する積《つも》りであります。向《むこ》うへ行つてもなるべく一月に一度位は出て来て教へを乞《こ》ひたいと思つて居ります。

虚子の発言からは、愛弟子が自分のもとを離れる寂しさが感じられます。素十の医師としての将来を考えると、新潟赴任を喜びたい。しかし、それでも傍から離したくないほど、虚子は素十がかわいいのです。ただし、素十が新潟医科大学に赴任したことにより、奇しくも虚子と新潟との関係はより強まるのでした。

## 4、みづほの妻 蔞子の活躍と早世

素十の盟友であるみづほは、素十の新潟赴任を喜んでいました。実際のところ、素十の新潟医科大学招聘《しょうへい》が実現したのは、みづほの運動によるものだったのです。前章にみたように、みづほは素十の俳句を激賞していました。そのために秋櫻子と鋭く対立することになったのですが、かえって素十との絆は深まったのでした。みづほ「秋の句」（『まはぎ』昭和七年一〇月号）には、次のようにあります。

高野素十君が新潟の大学に勤めるやうになつたことは読者諸君も御承知のこと、思ふが、しかし、それは二年も後のことで、十一月にはすでに欧洲に向け留学の途にのぼるから、真萩《まはぎ》の隆昌《りゅう　しょう》を期し得るのはまだ二三年間がある。この二三年を待つことは一面また愉《たの》しいことである。

「四S」のひとりとして活躍する素十が新潟に来れば、新潟医科大学と『まはぎ』の俳句会がますます盛り上がるのは間違いない。みづほも今夜も、素十の新潟赴任を楽しみにしていました。

すでに素十とみづほは家族ぐるみの付き合いをしていました。まだ東京に住んでいた素十と妻の冨士子は、しばしば新潟を訪れて、みづほの家にも遊びに行っていました。二人はみづほだけでなく、妻の萋子《しげこ》とも親しく付き合っていました。虚子の次女の星野立子《たつこ》は「萋子さんのおもひ出」（『まはぎ』昭和九年六月号）の中で、素十・冨士子夫妻と萋子の交流について記しています。

素十さんが新潟に行かれた時の話

「帰りがけに中田の妻君《さいくん》が紙包みを渡してくれながら、これ好きだつておつしやつたから持つて行つて下さい、といふのであとで開いてみたら菊の花なんだ、しやれた人だな。」

冨士子さんが素十さんの奥さんになつて一緒に新潟へ行つた時の話

「汽車のお弁当はまづいからつていつて、おむすびなんかきつと作つて下さるの、そうゆうこともうれしいわ。」

素十が春風の様な人だつていつもいつてゐた。

中田萋子は、明治三三年（一九〇〇）一一月二二日に東京に生まれました。小学生のころに移り住んだ家が、中学生だったみづほの家の隣だったのです。それ以来、兄弟も含めた遊び仲間になりました。大正九年（一九二〇）一〇月二一日、東京帝国大学助手であったみづほと一九歳で結婚。翌年、長男紳一郎が誕生します。同一一年四月、みづほの新潟医科大学赴任とともに、一緒に新潟に移りました。

結婚後も、新潟転居後も、ずっと俳句を作らなかった萋子でしたが、みづほらが『まはぎ』を創刊すると、自分でも作ったといって夫にみせるようになりました。やがて「中田しげ子」や「草の妻」などの俳号で『まはぎ』に投句し始めました。さらに『ホトトギス』にも投句して、虚子選でも頭角を現すようになります。また東京の素十・冨士子夫妻とは、俳句を通して交流し、私生活でも親しく付き合っていました。素十の新潟赴任が決まり、やがて冨士子とともに新潟にやってくることを、萋子も楽しみにしていたのです。

しかし昭和九年四月一〇日、萋子は三三歳の若さで亡くなりました。三人の育ち盛りの息子を残しての死は、どれほど心残りであったか判りません。『まはぎ』昭和九年六月号は「故中田萋子追悼号」となり、虚子をはじめとして萋子に対する追悼文が寄せられました。虚子は「萋子さんのこと」において、萋子との思い出を記しています。

一番萋子さんの明らかな印象を受けたことは、武蔵野探勝会《むさしのたんしょうかい》の時分に甲斐の依水荘《いすいそう》に吟行した時である。その日は天気も好かつたし、皆朗らかな気持で遠く八王寺《原文ノママ》を過ぎて、上ノ原駅まで遥々《はるばる》出かけたのであるが、その中で萋子さんはもつとも朗らかな一人であつた。その時萋子さんの句に

山荘を出づれば東風《こち》の強きかな　萋子
川舟の一つ新し春の川　同

等といふ句があつた。たしか萋子さんであつたと思ふが足袋の汚れるのもかまはずに、勾配《こうばい》の急な赤土山をかけ下りたりしてゐられたのが、興深く頭に残つてをる。

その後萋子さんの雑詠の成績は夫君《ふくん》をしのぐばかりに優秀であつた。

虚子が思い出として語る依水荘の武蔵野探勝会は、昭和七年四月三日に行われました。「依水荘（武

蔵野探勝の廿二)」(『ホトトギス』昭和七年六月号)で素十は、この日の吟行に珍しく萋子(俳号は「しげ子」)が参加していて「春風の如《ごと》く長閑《のどか》な人。初舞台ながら夫君に代つて立派な句を作つた」と書いています。また吟行の中では、虚子も書いている通り「おや〳〵冨士子の奴、跣足《はだし》で草履《ぞう》《り》をぶら下げて、しげ子さんと二人で戻つてくる」と無邪気な姿をみせています。

また、句会後の萋子の様子について、みづほ「萋子句解」(『まはぎ』昭和九年八月号)には、次のように記されています。

僕はこの日学会のために一緒に行けないで、夜九時頃に帰つたら玄関に迎へに出るなりいきなり「にくはいた〳〵」と何のことだかわからないことを大声で叫びながら喜色満面《きしょくまんめん》なのである。まあ〳〵落着け〳〵でよくきいて見ると、はじめての吟行で虚子先生選に二句はいつたといふのである。大笑ひをした。

虚子選に入るのは、句会でも簡単なことではありません。初めての武蔵野探勝会で、しかも二句も入選したのですから、その喜びは大変なものだったでしょう。この時期から、萋子は『ホトトギス』雑詠の常連になっていきます。もし萋子が長命を保てば、あるいは『ホトトギス』を代表する女性俳人として、俳句史に名前を残したかもしれません。しかしそのわずか二年後に、短い生涯を閉じたのでした。

## 5、衛生学教授 及川仙石

大正一三年（一九二四）一一月一日、東北帝国大学助教授の及川周《おいかわまこと》が新潟医科大学に赴任しました。まだそのころは俳句を作っていませんが、以下は俳号の及川仙石《せんせき》で通します。

新潟医科大学に着任した仙石は、衛生細菌学教室において衛生学の教育と研究を担当しました。昭和二年一月二二日には、衛生学研究のために、文部省留学生としてドイツに派遣されました。同四年四月一三日に帰国すると、同年五月一五日には教授に昇任しました。それから昭和二九年七月の退官までの二五年間、仙石は衛生学教室の教授を務めました。新潟医科大学の衛生学教室では、日照・気温・湿度などの気象条件や、水質・地質の問題など、理化学的環境とヒトの健康との関係が研究されました。特に仙石は、農村地帯の労働環境について研究を進めます。

また仙石は、ドイツから帰国した昭和四年ごろに、同僚の中田みづほや浜口今夜に誘われて俳句を始めました。「駄文事始《だぶんことはじめ》」（『まはぎ』昭和一三年一月号）には、仙石にとってみづほは「俳句に於《お》いては全く僕の親父の感じ」であったと記しています。

　虚子先生御講演の別刷《べつずり》を持つて来て呉《く》れたり、余分《よぶん》のがあるからと云つて、ホトトギスを毎号よこして呉れたり。それよりももつと感謝に堪へないのは、よく噴き出しもせずに僕の俳句をみて呉れたことだ。一番最初の句帳を見ると自分でも馬鹿馬鹿しくなる句ばかり。

最初の俳句は、五七五になっていなかったり、季題が抜けていたり、俳句の形になっていないものです。しかしみづほは、仙石の気分を害しないようにして、うまく俳句の世界に導きました。

仙石の『句集待春《たいしゅん》』（新潟大学衛生学教室、昭和二八年）には、

熊蜂《くまばち》の日もすがらなる出羽路《でわじ》かな

昭和五年四月鶴岡行の際出来た句。句らしいものを作つた最初のもの。

参道やほろほろと降る杉の花

同年五月弥彦行。矢張《やは》り句作をはじめて間もない頃のもの。

という句が巻頭にみえます。みづほが辛抱強く仙石を俳句に誘っていたときに作られた俳句なのでしょう。

次に、今夜については「俳句の兄貴」だとしています。

俳句をはじめて一ヶ年。津川に吟行に行つたことがある。その時に今夜は何かの序《ついで》に「一年でその位うまくなればい丶よ」と云つて呉《く》れた。当時自分では俳句がうまくなつたのか否か、又うまくなつたとしてもどの程度のものかさつぱり判らず、止めてしまはうかとも思つて居たのだから此の言葉を聞いて正しく有頂天になつたものである。

今夜は、仙石の句をほめることで、仙石が俳句に倦《う》まないように努めました。普段は寡黙な今夜が自作を熱心にほめてくれるので、仙石は大いに気をよくしたはずです。やがて仙石は『まはぎ』雑詠に俳句を投句するとともに、衛生学の知見を生かした随筆も寄稿するようになります。

さらに昭和一〇年（一九三五）からは『ホトトギス』雑詠にも投句し、すぐに虚子選にも通るようになります。『ホトトギス』昭和一〇年八月号雑詠には、

蝶々のしきりに飛べり花疲《はなづかれ》　　新潟　及川仙石

という句がみられます。厳選で知られる『ホトトギス』雑詠への投句を強引に勧めたのは、このころ新潟に赴任した素十でした。仙石は素十を「俳句に於《お》ける我が師匠」と呼んでいます。

「もうい、加減に引込《ひっこ》み思案を捨て、ホトトギスへ投句したらどうだ」とす、めて呉《く》れた。僕が愚図愚図《ぐずぐず》してると「何でもい、から句稿を持つて来い。その中から俺が清書して出してやる」と云ふ。有りがたい話だ。こうまで云はれて出さないとなれば冥利《みょうり》に尽きると思つた。ホトトギス雑詠の自分の句は全く素十師匠のお蔭《かげ》である。

俳句に熱心な同僚が、いずれも東京帝国大学からの友人であったおかげで、仙石は長く俳句を続けられました。新潟医大俳句会では、みづほ、今夜、素十の三人の傍らに仙石も座らされます。そのおかげで仙石は、句会に提出された句について「今の句はどこが悪い」、「今の句はこう直せばいい」などという三人の話を聞くことができました。また後日、素十の案内で東京のホトトギス発行所を訪ねて、虚子に面会する機会も得ました。

## 6、新潟医科大学の四俳人教授時代

素十の教授着任によって、新潟医科大学はみづほ、今夜、仙石、素十の四俳人教授時代を迎えました。さっそく昭和一〇年二月一一日には、新潟医大俳句会が「素十先生御帰朝歓迎俳句会」を西堀通のイタリア軒で開催しています。この日は、みづほや今夜ら三四名が出席しました。さらに亀田でも「素十先生御帰朝歓迎真萩大会」が行われています。

素十が赴任した新潟医科大学は、みづほや今夜の尽力によって、すでに俳句の活動が盛んでした。さらに真萩会の地元俳人たちが、素十の新潟赴任を歓迎しました。素十は留学期間、周囲に俳人のいない生活を経験しています。その中で句作することの難しさを、身をもって知ったはずです。一方の新潟では、素十の俳句に深い理解を示す仲間たちがたくさんいました。虚子から離れても俳句に打ち込める環境が整っていたのです。

さて、高野素十という俳人について語られるとき、その最盛期は昭和初期の「四S時代」、つまり東京在住の時期とされます。一方、新潟時代の素十については、ピークを過ぎた作家として、あまり触れられない傾向があります。しかし約二〇年に及ぶ素十の新潟時代を軽くみることはできないはずです。実際『ホトトギス』雑詠の成績は「四S時代」と全く遜色《そんしょく》がないものでした。しかし一助手の立場とは異なり、法医学教室教授としての素十は非常に多忙でした。東京とは異なる新潟の気候、風土、生活にあって、素十はどのように俳句に取り組んだのでしょうか。

『まはぎ』昭和一一年一月号には、田中憲二郎「鮭網と川蒸気」という新潟医大俳句会の吟行記事が載せられています。

信濃川の中の枯芒と枯芦の島で腰までもとゞく長ゴム靴をはいてジヤブ〳〵と鮭網を五六人で曳《ひ》いて居る。大方は人生半《なかば》をすぎた老人であり、言ふことがふるつて居る。若い者が「またかゝらねえ」とくさると「鮭を曳かうと思ふのがそも〳〵間違ひで、網を曳く積《つも》りでやるのさ！」と、全く仰せの通りで、実にのんびり時代離れがして居る。二時間近く見て居る内に、二十回も網をひいたが、たつた一度一匹、一尺《いっしゃく》五寸《ごすん》位の鮭がかゝつた時にはみづほ、素十両先生までが自分の責任を果たされたかの様にやれ〳〵と安心せられた。

この日は、医大俳句会のメンバーで信濃川の鮭漁を吟行しました。鮭はなかなか獲れず、二時間ほどの漁で獲れたのはたった一匹でした。見物する者も途中で飽きてしまいそうになりますが、素十たちはその様子をずっとみているわけです。東京の生活ではみられない季題に触れて、素十も刺激を受けたことでしょう。新潟の暮らしは、素十の創作意欲をかき立てたのです。また逆に若い俳人たちは、素十の後ろ姿から、一句を得るための根気を学んだことでしょう。

　昭和一一年五月二二日には、新潟医大学生俳句会の発会式が開かれました。以前にも医大学生俳句会があ

高浜虚子・中田みづほ・高野素十句碑（中本撮影）

りましたが、医大俳句会と合併して解消していたのです。それが復活する形で、学生俳句会が再出発しました。『まはぎ』同年七月号には、

池原記念館にて新潟医大学生俳句会発会式を素十、今夜、仙石の諸先生に御出席を仰ぎいろ〳〵句作に就《っ》いての御注意を戴く。

と記されており、学生だけでなく素十、今夜、仙石も出席して、指導に当たっています。さらに、

この会は新潟医大俳句会の中の一分科句会とも言ふべきもので若くて元気はあるが句作となると勝手が判らず渋りたくなると言ふ連中が多いのであつて俳句入門の学生諸君を歓迎致します。毎月第二金曜日の夜記念館で開催せられます。

とあるように、毎月開催されることになりました。また医大俳句会の下には、学生俳句会のほかにも、外科学教室の無影灯句会、法医学教室の双刀句会、衛生学教室の水光句会など、いろいろな句会が存在しました。もちろん医大の外にも『まはぎ』の俳句会はありましたので、新潟では毎日のようにどこかで『まはぎ』の句会が開かれているような状態になりました。まだ戦争が激しくなる前のことです。

さて『まはぎ』昭和一二年七月号には「先生方のお話―新潟医大俳句会五月例会席上―」という記事がみられます。こちらには、みづほ、素十、今夜の三俳人が句会の席上で述べたことが記録されています。まずみづほは、

写生といふ事はむづかしい事でありましてどうも「まはぎ」などでも平凡な陳腐な句が多いの

は俳句は写生といふのであるから興味のない事でも何んでも自然を正直に写生して十七字にしさへすれば俳句になるといふ考への人が多いのではないかと思はれるのです。これは写生写生とあまり強調しすぎた弊害ではなからうかと考へられるのです。

などと発言しました。これに対して、素十は次のように応じています。

僕は写生写生で結構だと思ふ。

この機会に一つ俳句の功徳《くどく》に就《つい》てお話をしよう。俳句の功徳は非常に広大なもので俳句をやつてゐると人間がよくなりだん〳〵世の中もよくなつて来る様です。僕なんかもだん〳〵善い人間になりつゝあるのです。正直に俳句をやつてをれば楽しい事が多くなつて来るものです。

そして最後に今夜が、次のように発言しました。

人の句がよく見える時は自分もよい句がつくられ、人の句が悪く見える時は自分の句も亦《また》悪い様であります。私はだから俳句をつくると同時に人の句が味《あじわ》へることが一つの進歩であると常に考へて居るのです。

このような発言は、書籍や大きな雑誌にはなかなか出てこないものです。みづほや素十も、周囲に理解者がいるから、安心して本音で俳句について語ることができたのでしょう。新潟医大俳句会の自由な雰囲気が感じられます。

# 第三章　花鳥諷詠の拠点 新潟医科大学

## 1、武蔵野探勝会の新潟開催

昭和一二年（一九三七）正月、武蔵野探勝会《むさしのたんしょうかい》が新潟で開催されました。武蔵野探勝会は、昭和五年に始められた高浜虚子《きょし》を中心とする吟行会です。毎月一回実施され、同一四年までの一〇〇回続けられました。その名称の通り「武蔵野」を探訪することが目的で、吟行地の大半は東京近郊でしたが、第七七回は新潟で開催されました。ここでは「第七十七回武蔵野探勝会新潟行」（『ホトトギス』昭和一二年三月号）という記事に基づきながら、新潟の武蔵野探勝会をみていきたいと思います。

武蔵野探勝を新潟で開催することになったのは、やはり中田みづほの誘いでした。東京からは虚子を中心に二〇人、さらに関西からも虚子の長男年尾《としお》ら四人が加わって、総勢二四人で新潟に向かいました。一行が見附《みつけ》駅に着くと、新潟から迎えに来たみづほが現れました。さらに東三条《ひがしさんじょう》駅では、高野素十《すじゅう》が出迎えました。そして新潟駅に着くと、新潟医科大学と亀田の俳人たちが虚子たちを出迎えます。予定では、新潟駅から篠田旅館まで車で移動することになっていましたが、この冬は特に雪が少なく、路面状態も悪くなかったため、そのまま歩いて萬代橋《ばんだいばし》を渡って宿に向かうことになりました。篠田旅館に到着し、夕食と入浴のあと、一九時締切で五句の句会が行われました。

一月二日の晩、新潟を代表する高級料亭のひとつである行形亭《いきなりや》にて、一行を歓迎する宴席が設けられました。佐藤漾人《ようじん》「宵から朝まで」（前掲「新潟行」）には、俳人たちの茶屋遊びの様子が次のように記されています。

煌《こう》と眩《まぶ》しき大広間に、ずらりと厚座布団の座設けあつて正しく大宴席の用意である。そこで先生を正座にして一行数十人綺羅星《きらほし》の如《ごと》く（？）著座《ちゃくざ》に及べば、やがて膳部《ぜんぶ》を運ぶ美しの妓一人二人三人……十八人十一人……撩乱《りょうらん》として数を連ぬ。心躍らざるを得ない光景である。

「みづほ君！　素十君！　ひどく奮発したもんだね。」「どうだ〳〵。」「どうでもない、うれしい！」

次にみづほの歓迎の挨拶があり、それに対して東京から参加した赤星水竹居《あかぼしすいちくきょ》の謝辞が述べられました。乾杯の発声のあとは、芸妓《げいぎ》の酌を受けながらの宴会に入ります。芸妓の帯の小脇には、芸名を記した布片が付けられていました。

「お前、おちやらといふのか、面白い名前だね。新潟では何時も斯《こ》う名札を付けてゐるのかね。」「いえ、こんな時だけよ。」「成《な》る程《ほど》ね、わし等は旅の者だからなアハハ……。」「旅の者はよかつたワね。でも東京は懐しいワ。」「さうか、お前さんも新潟生れかへ。」「さうよ、が、わたし東京を知つてゐるのよ。」「ほう。」「神田に伯母さんが居るの。」「さうか伯母さんとこへ連れて行かうか。」「会ひたいワ。」など。

宴の途中には、追分《おいわけ》、おけさ踊、新潟小唄《こうた》、盆踊などの余興が披露されました。踊が終わると、また酒が勧められます。当時、新潟の古町《ふるまち》は、東京の新橋、京都の祇園とともに「日本三大花街《かがい》」に数えられていました。東京の俳人たちも、新潟の花街の夜を心行くまで楽しんだのでした。

翌三日は、石山村《いしやまむら》（現・新潟市）吟行《ぎんこう》が計画されていました。しかし吟行地へ行く前に、虚子はみづほと素十の家を訪れています。虚子「みづほ・素十の家」（『ホトトギス』同月号）によると、虚子は、新潟医科大学の外科医でもある田中憲二郎の案内で、先にみづほの家に向かいました。みづほは、前年の昭和一一年五月から一一月にかけて在外研究員としてアメリカとヨーロッパに出張し、帰国したばかりでした。留守宅にいるはずの妻の蓁子《しげこ》が亡くなっていたので、故郷から実母を呼んで、女中とともに子育てを手伝ってもらっていました。三人の子供たちは、まだまだ手がかかる年ごろです。

前の部屋に帰る前に私は一人蓁子さんが祀つてあるといふ部屋に這入《はい》つた。そこには大きな祭壇が設《しつ》らへて在《あ》つて其《その》祭壇の上に蓁子さんの遺骨があり、其前に大きな写真が置いてあつて、他に蓁子さんの俳句の草稿と思はれるものも飾つてあつた。三年間居ますが如《ごと》く此《この》祭壇の前に明け暮れ香華《こうげ》を手向けて居るみづほ君の心持がしみ〴〵と考へられた。

虚子がみづほの家を訪れたのは、蓁子を偲ぶとともに、蓁子亡き後のみづほの暮らしをみることが目的だったのでしょう。まだ一月三日ですから、どの家もめでたい雰囲気の中で正月を祝っている時期です。しかしみづほの家は、故人を偲びながら、静かな正月を過ごしていたのでした。

さて、みづほの家を後にした虚子は、素十の家へ向かいました。素十の方は、妻の富士子との間に長男の与一郎が誕生したばかりでした。

私は先づ格子戸《こうしど》を開けて内に這入ると、いきなり素十君が玄関に現れて、その後に冨士子さんの顔も見え、冨士子さんの腕に抱かれて居るのは予《かね》て想像して居た与一郎君であつた。与一郎君は冨士子さんの腕の上で躍るやうにして口を突出《つきだ》して私達の方を見て居たが、みづほ君を見て手をさしのべた。

虚子が与一郎と会うのは、この日が初めてでした。吟行の前に素十の家にも立ち寄ったのは、この与一郎をみるためだったのでしょう。好奇心旺盛な赤ん坊の様子が伝わってきます。みづほの家とは対照的に、素十の家では新しい家族を迎えて、賑やかに正月を過ごしていました。

虚子「みづほ・素十の家」は、次のような文章で締めくくられています。

武蔵野探勝会が新潟まで足を伸ばして大勢で遣《や》つて来たといふことは、無論吟行といふことの興味が主であつたのであるが、私だけはみづほ、素十両君の住居を訪ねて見る事に又少なからぬ期待が有つたのである。萋子さんを亡くして淋しいみづほ君の住居と、与一郎君を得て賑かな素十君の家とは多少違うところが有りはするが、併《しか》し私にとつては懐しい此《この》二人の友人の、此北国の住居を訪うたといふことに大いなる満足を覚えて吟行の場所へと急いだ。

虚子が新潟まで遠出した目的のひとつは、みづほと素十の家を訪れることでした。虚子は『ホトトギス』雑詠の選句を通して、投句者たちの生活に触れています。それぞれ家族を失い、あるいは得たことで、それまでとは違う二人の生活をみておきたかったのでしょう。また虚子は、みづほ、素十について「懐しい此二人の友人」と書いています。両者は師弟関係ですが、一方で師弟を超えた深いつながりも感じていたのです。

この日は一一時に吟行地を出発し、古町のイタリア軒で句会が行われました。句会のあとはすぐにバスで新潟駅に向かい、一三時一五分発の急行上野行きで一行は帰路に就きました。みづほと素十は一緒に列車に乗り込んで、東三条駅まで見送りました。その間に五句出句で句会が行われています。こうして新潟での武蔵野探勝会は終了しました。

## 2、虚子の佐渡初訪島

昭和一三年五月、虚子は再び新潟を訪れました。このときは、一六日に新潟医科大学で開催される「日本文化講義」の講師を務めるためでした。「日本文化講義」は、昭和一一年に始められた文部省による官製講義で、戦時下の学生に対する思想統制を目的としていました。多くは学者が講師を務めましたが、新潟医科大学では虚子に講演を依頼したのです。もちろん、みづほや素十の希望によるものでした。

この虚子の新潟・佐渡旅行については、素十「五日間の句会記」（『まはぎ』昭和一三年七月号）や「佐渡座談会」（『ホトトギス』昭和一三年七月号）などに詳しく記されています。「日本文化講義」は、一五時から新潟医科大学の講堂で開かれました。講演の概要は「虚子先生講演『雑詠選集《ざつえいせんしゅう》「春之部」評釈』大要筆記」（『まはぎ』同月号）に収められています。この講演で、虚子は『ホトトギス』雑詠から厳選された『ホトトギス雑詠選集』に基づいて、いくつかの俳句を取り上げて紹介しました。

虚子一行が佐渡に渡ったのは、翌日の一七日です。前夜に到着した年尾も加わって、虚子、みづほ、素十、憲二郎の五人が一〇時半発のおけさ丸で佐渡の両津港に向かいました。おけさ丸が佐渡に到着すると、みづほの元患者で、名士として知られた名畑清次が一行を出迎えました。そして遊覧バスで、島内の名所旧跡を巡りました。虚子「佐渡の旅」（『俳談』中央出版協会、昭和一八年）によると、虚子は佐渡に配流されてこの地で崩御した順徳院に心を寄せています。

人もいふ如く書物にも書いてある通り何といつても佐渡ヶ島は順徳院の御遺跡が著しく心を惹《ひ》いて、山杉にかゝつてをる藤、山路に咲きのこつてをるつゝじを見るにつけても院の御事が偲ばれておのづから胸がふさがるやうになるのであつた。

佐渡の二日目は、相川金山の見学から始まりました。昭和一二年に日中戦争が始まると、政府は外貨獲得のために金銀の生産に力を入れるようになりました。佐渡鉱山でも金銀の増産に乗り出した結果、東洋一の規模といわれた北沢《きたざわ》浮遊選鉱場《ふゆうせんこうば》などが建設されます。これらの施設の建設によって金銀の生産は増加し、昭和一五年には佐渡金山の歴史の中で最も多い年間一五三七kgの金を生産しました。虚子たちは、現在のような史跡・観光地としての金銀山ではなく、最盛期の金の生産現場を吟行していたのです。

さらに順徳院の在所《ざいしょ》であった黒木御所を参拝し、両津からおけさ丸で新潟に戻りました。このおけさ丸の船内で、二度目の句会が催されました。一六時半に新潟港に到着すると、再び篠田旅館に入り、『ホトトギス』の「佐渡座談会」の収録などが行われました。

最終日の一九日、虚子は一三時の急行で新潟を発つ予定になっていました。その午前を利用して、亀田句会に参加しています。八時半に旅館を出発し、亀田の佐藤暁華邸に向かいました。そして通心寺《つうしんじ》で亀田の俳人たちとの句会が行われたのでした。

## 3、素十の「当季雑詠」選者就任と今夜の死

俳句雑誌『まはぎ』は、長くみづほが「雑詠」、今夜が「当季雑詠」の選者を務めていました。外国出張などで、一時的に素十などが代理を務めることもありましたが、この二つの投句欄が『まはぎ』の骨格をなしていました。しかし昭和一四年、今夜は健康上の理由によって「当季雑詠」の選者を休むことになり、素十がその任を代行することになりました。以後、素十の選が受けられることも『まはぎ』の強みになっていきます。

さて、同一六年六月二九日、大雪崩会という俳句会が始められました。この句会には、みづほや素十、大刀らに加えて、参加者の中に中村力中という名前がみられます。力中とは、新潟医科大学精神神経科教室初代教授の中村隆治《りゅうじ》のこと。力中は、明治一五年（一八八二）五月の北蒲原郡水原村《きたかんばらぐんすいばらむら》（現阿賀野市水原）生まれで、みづほ、素十らよりも一〇歳近く年長になります。昭和一六年ごろから俳句を作るようになったらしく『ホトトギス』昭和一六年三月号雑詠には、

泣初《なきぞ》めのにぎやかなりし古きこと　新潟　中村　力中

この娘《こ》はや泣初めもせず置島田　同

の二句が選ばれています。彼はもともと東京帝国大学文科大学哲学科卒業で、それから医科大学に入り直すという異色の経歴を持っていました。また歌人で精神科医の斎藤茂吉とも友人で、文学や芸術に関する素養がありました。俳句を始めると『ホトトギス』、『まはぎ』に投句し、また大雪崩会、医科大俳句会などにも熱心に参加しています。

昭和一七年（一九四二）には満六〇歳の停年で名誉教授となりますが、いよいよ俳句に熱心になり、大学では精神科俳句会を指導するようになります。彼もまた、新潟医科大学の俳人教授のひとりでした。しかし翌年三月に脳溢血《のういっけつ》で倒れ、四月九日に亡くなりました。もし長命を保てば、あるいは俳人としても名を残したかもしれません。

力中が倒れる直前の三月一日、浜口今夜が五一歳の若さで亡くなりました。教授在職中の死であったことから、同月四日の葬儀は、新潟医科大学准学葬として行われました。『まはぎ』同年三月号には、

三羽居し春の鴉《からす》の一羽居ず　虚子

という弔句《ちょうく》が掲げられました。「三羽」とは、みづほ、素十、今夜の三人を指します。この三人は「越後ホトトギスの三羽烏《さんばがらす》」と称えられていたのです。その「三羽烏」のうちの一羽が欠けてしまったと、虚子は今夜の死を嘆いたのでした。この弔句は、葬儀の行われた瑞光寺《ずいこうじ》の境内に句碑として

建立されています。そのすぐ隣には、會津八一《あいづやいち》の墓と歌碑も建てられています。

　生前に句集を編まなかった今夜の作品は、死後『濱口今夜句集』（非売品、昭和一九年）として刊行されました。「序」において、みづほは次のように記しています。

　句集が出来たところで、自分が死んでしまつたのではちつとも面白くないやうな気持がして居た。しかしそれは決してさういふものでないことがこの今夜句集でよくはつきりした。といふのは、人々がいかに今夜句集の出来ることを翹望《ぎょうぼう》して居たか。つまり、今夜句集によつてたのしみ得る人がいかにたくさん居るかと云ふことが明かになつたからである。

みづほの言葉からは、早くに同志を失った悲しみとともに、その作品が世に出ることを喜ぶ思

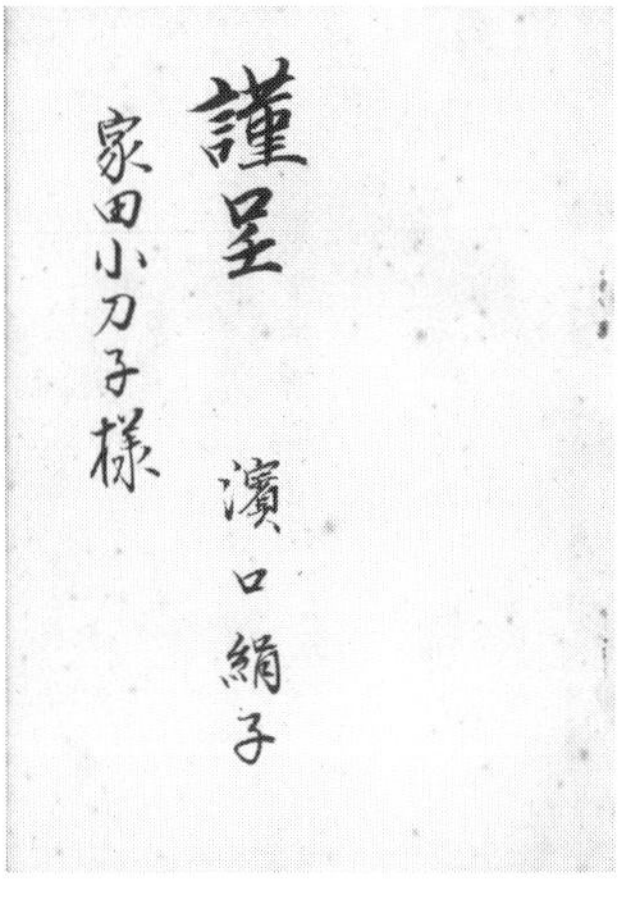

『濱口今夜句集』（今夜の娘の絹子から家田小刀子に贈られたもの。中本所蔵）

高浜虚子「三羽居し春の鴉の一羽居ず」句碑（中本撮影）

いが表れています。

## 4、みづほ、素十が育てた俳人医師たち

新潟医大俳句会は、みづほ、今夜が中心になって指導し、さらに素十が加わったことで非常に活気づきました。またたびたび虚子も新潟を訪れたことから、学生時代から虚子の謦咳《けいがい》に接する者も少なくありませんでした。その結果、みづほ、素十らの指導を受ける医師の中から俳人として頭角を現す者も出てきます。その何人かを紹介しましょう。

### ①家田小刀子

家田《いえた》小刀子《しょうとうし》（本名三郎）は、明治三九年（一九〇六）六月二二日生まれ。昭和五年三月に新潟医科大学を卒業し、外科で中田みづほの指導を受けました。昭和一〇年五月三一日、新潟医科大学講師となり、同一三年二月二八日までの約三年間務めました。

小刀子の専門は外科で、学位論文「制腐《せいふ》の組合せに就て」も外科の中田みづほの指導で書かれました。しかし、講師として所属したのは素十の法医学教室だったのです。というのも、当時法医学は新しい学問で、医局員がいませんでした。そこで素十を補佐するために、師のみづほが講師として小刀子を送り込んだのです。その結果、みづほ、素十の二人から親しく指導を受けられる立場になりました。

俳句は『まはぎ』に投句し、やがて昭和九年ごろから三国竜門とともに『まはぎ』編集と事務を担当します。さらに『ホトトギス』にも投句し、昭和一二年四月号の雑詠では、

祝言《しゅうげん》のあり風除《かざよけ》に子供達
風除のうちの賑やか嫁迎へ
娘《こ》が二人留守居ながらの藁《わら》仕事
ばつたりに日に一二度の下男《げなん》かな

によって巻頭に推されました。このうち「祝言の」、「風除の」、「ばつたりに」の三句は『ホトトギス雑詠選集』にも収録されています。

新潟医科大学退職後は、各地の病院長を歴任し、最後は新潟県北蒲原郡水原町で外科医院を開業しました。虚子没後も長く『ホトトギス』雑詠に投句を続け、平成元年に八二歳で亡くなるまで新潟の俳壇に重きをなしました。

## ②山内大刀

山内大刀（本名峻呉《しゅんご》）は、昭和九年三月に新潟医科大学を卒業。すぐに法医学教室助手となり、素十の指導を受けるようになります。

俳句は、素十が教授になった昭和一〇年ごろに始めました。やはりみづほ、今夜、素十の指導を受け、医大俳句会や『まはぎ』雑詠などで活躍します。やがて三国竜門、家田小刀子と一緒に『ま

はぎ』の事務や編集を担当するようになりました。みづほは「名編輯子《めいへんしゅうし》」（「百五十号記念」『まはぎ』昭和一七年三月号）と大刀を称えています。しかし同一六年三月に応召《おうしょう》して出征しました。戦地にあっても『まはぎ』と『ホトトギス』に投句し、またしばしば文章も寄せています。さらに戦友とともに句会を行いました。

　昭和二二年六月に復員。昭和二八年八月、素十が新潟大学を停年退職して奈良県立医科大学に転出すると、同年一二月一日教授に昇任しました。新潟大学における素十の後継者として、法医学教室の指導に当たりました。さらに昭和四一年には医学部長、翌四二年には第五代学長に選ばれました。

　　学長の御用始《ごようはじめ》の印を捺《お》す　　大刀

没後に『句文集 春聯《しゅんれん》』（非売品、昭和五二年）がまとめられています。

　大刀の学長就任にともない、法医学教室教授に昇進した茂野六花《ろっか》（本名録良《ろくろう》）も、やはり俳人でした。六花も昭和六〇年に第九代学長となりましたが、その直後に倒れて亡くなっています。

### ③小片村酒

　小片村酒（本名重男）は、昭和一三年に新潟医科大学を卒業。同年四月以降は助手を務め、法医学教室で素十の指導を受けました。昭和一九年から二〇年までの一年間は、台湾の台北帝国大学に赴任し、戦後は新潟医科大学に復帰しました。そして、素十の指導で学位論文を執筆、提出しています。昭和二三年五月、米子医学専門学校に転出。さらに京都府立医科大学教授となり、法医学の分野で重きをなしました。

俳句は、みづほ、素十に師事。『まはぎ』と『ホトトギス』に投句しました。

### ④田中憲二郎

田中憲二郎（本名憲二）は、昭和四年に新潟医科大学を卒業。みづほの下で外科学を専攻しました。新潟医科大学助教授を経て、昭和一八年（一九四三）ジャカルタ医科大学教授となります。

俳句は、やはりみづほ、今夜、素十の指導を受けました。さらにその紹介で虚子にも師事しています。戦後、順天堂大学医学部教授になった憲二郎は、虚子の主治医を務め、虚子一家の健康管理に当たりました。特に昭和三四年四月、危篤状態になった虚子の治療に尽力しました。憲二郎の「虚子先生の御病気」（『ホトトギス』昭和三四年六月号）には、虚子の最後の八日間が医師の視点から克明に記録されています。

## 5、新潟医科大学と俳人教授たちのその後

昭和二四年五月三一日、国立学校設置法の公布によって、新制新潟大学が設置されました。新潟医科大学長であった橋本喬《たかし》は、初代新潟大学学長に就任します。これにともない、素十が新潟大学初代医学部長、新潟医科大学長、附属医学専門部長となりました。素十がこの要職にあったのは、

昭和二五年九月までの一年余りでした。そして同二八年八月一五日、素十は奈良医科大学教授に転任して、新潟大学名誉教授となります。素十のあとに教授として法医学教室を引き継いだのは、山内大刀でした。翌二九年七月一五日には、衛生学教授であった及川仙石も、日本大学教授に転出しています。

さて、素十が転出した八月、それまでひとつだった外科学教室が二つに分割されました。みづほは、外科学第二教室の初代教授となり、脳外科一本で行くことにしたのです。同三一年四月三〇日をもって停年退職したみづほは、新たに設立された脳研究所の初代所長に就任しました。『ホトトギス』昭和二二年四月号の雑詠には、次のような句がみられます。

学問の静かに雪の降るは好き　　新潟　中田みづほ

この句は、みづほの代表句として知られ、脳研究所の敷地内には句碑も建てられています。苛烈な戦争が終わり、また学問に打ち込める日々が始まった喜びが感じられます。みづほが脳研究所長を退職したのは、同三四年三月三一日でした。こうして最後まで残っていたみづほも、新潟大学を離れました。

かつて虚子は「まはぎ百五十号に贈る」（『まはぎ』昭和一七年三月号）の中で、次のような事実を明らかにしました。

みづほ君が東京医科大学の或《ある》外科の講座を受持つといふ評判が専らあつた時分に、みづほ君はそれは嫌ひだ、矢張《やは》り新潟の大学に在《あ》つて静かに研究をつゞけてゆくといふことの方が好ましい。東京となると勢ひ政治圏内に踏み込むやうになつて何かとうるさい事がつき纏ふから、新潟といふ田舎にあつて静かに研究に耽《ふけ》る方が当人の希望だと。

みづほは、母校の東京帝国大学から教授の話があったにもかかわらず、それを辞退して新潟医科大学に留まることを選びました。新潟にいることが、研究と俳句に専念する上で望ましいと考えたのです。そしてついに停年まで「学問の静かに雪の降るは好き」と詠んだ気持ちを大事にしながら、その信念を貫いたのでした。

中田みづほ「学問の静かに雪の降るは好き」句碑（中本撮影）

　昭和二九年三月、新潟医科大学の最後の卒業生が世に送られ、同三五年三月三一日をもって、新潟医科大学は正式にその歴史に幕を下ろしました。俳人教授たちの歩みはその先も続きますが、新潟医科大学の終焉とともに本書も閉じたいと思います。

# おわりに

新潟大学に奉職してから、早くも一〇年が経とうとしています。

新潟に赴任することが決まったとき、かつて高野素十、中田みづほらが教授を務めた新潟大学に、自分も勤められることが素直に嬉しかったのを覚えています。というのも、私は大学生のころから二〇年以上俳句を詠んでおり、俳人で、大学教員でもあった素十やみづほに憧れていたからです。そのため、宮廷の御神楽を中心とする古代中世芸能史を研究する一方で、いつか新潟ゆかりの俳人について書いてみたいと考えていました。

本書の執筆にあたっては、なるべく同時代の資料と当事者の文章を用いるようにしました。ただし紙数の都合から、取り上げるべき多くの俳句やエピソードを割愛せざるを得ませんでした。それらについては、また別の機会に紹介したいと思います。

本書の刊行にあたっては、本学大学院現代社会文化研究科の堀竜一研究科長、および増田瑞穂助教のお世話になりました。記して感謝を申し上げます。

令和五年一二月二四日

中本　真人

## 主要参考文献

■俳句雑誌
『ホトトギス』ホトトギス発行所（現ホトトギス社）、明治30年1月～
『まはぎ』真萩発行所、昭和4年9月～昭和50年10月

■句集
浜口今夜『浜口今夜句集』非売品、昭和19年
中田みづほ『句集刈上』非売品、昭和28年
及川仙石『句集待春』非売品、昭和28年
『素十全集』明治書院、永田書房（別冊）、昭和45年～53年
山内大刀『句文集春聯』非売品、昭和52年

■俳論
水原秋櫻子『高濱虚子 並に周囲の作者達』文芸春秋新社、昭和27年
倉田紘文編著『昭和俳句文学アルバム 高野素十の世界』梅里書房、平成元年
「インタビュー「雪」主宰・蒲原ひろしが語る素顔の素十と、素十から受け継いだもの」（『俳句』平成30年2月号、角川文化振興財団）
蒲原宏『畑打って俳諧国を拓くべし―佐藤念腹評伝―』大創パブリッシング、令和2年

■その他
新潟大学医学部五十周年記念会編『新潟大学医学部五十年史』昭和37年
新潟大学医学創立七十五周年記念事業期成会・新潟大学医学部学士会（有壬会）編『新潟大学医学部七十五年史』平成6年

■ 著者紹介

**中本　真人**（なかもと　まさと）新潟大学人文学部准教授

1981年奈良県北葛城郡新庄町（現葛城市）生まれ。

慶應義塾大学大学院文学研究科国文学専攻後期博士課程修了。博士（文学）。

専門は、日本歌謡文学、芸能論。特に宮廷の御神楽を中心とする古代中世芸能史を研究している。

著書に『宮廷御神楽芸能史』（新典社、2013年）、『宮廷の御神楽―王朝びとの芸能―』（新典社新書、2016年）、『内侍所御神楽と歌謡』（武蔵野書院、2020年）、『なぜ神楽は応仁の乱を乗り越えられたのか』（新典社選書、2021年）。

また俳人としては、三村純也に師事。俳句雑誌『山茶花』暲々集選者・飛天集同人。俳人協会会員。句集に『庭燎』（ふらんす堂、2011年）など。

ブックレット新潟大学82
新潟《にいがた》医《い》科《か》大学《だいがく》の俳人《はいじん》教授《きょうじゅ》たち

2024（令和６）年３月31日　初版第１刷発行

編　者――新潟大学大学院現代社会文化研究科
　　　　　ブックレット新潟大学編集委員会
　　　　　jimugen@cc.niigata-u.ac.jp

著　者――中本　真人

発行者――中川　史隆

発行所――新潟日報メディアネット
　【出版グループ】〒950-1125　新潟市西区流通3-1-1
　　　　　　　　　TEL　025-383-8020　　FAX　025-383-8028
　　　　　　　　　https://www.niigata-mn.co.jp

印刷・製本――株式会社ウィザップ

　ISBN978-4-86132-849-7

## 「ブックレット新潟大学」刊行にあたって

新潟大学大学院現代社会文化研究科は、さまざまな問題を現代という文脈の中で捉えなおすことを意味する「現代性」と、人間と人間、人間と自然が「共」に「生」きることを意味する「共生」、この二つを理念として掲げています。日本海側中央の政令指定都市新潟市に立地する本研究科は、東アジア、それを取り巻く環東アジア地域、さらには国際社会における「共生」に資する人材を育成するという重要な使命を担っています。

現代社会文化研究科は、人文科学、社会科学、教育科学の幅広い専門分野の教員を擁する文系の総合型大学院です。その特徴を活かし、自分の専門領域の研究を第一義としながらも、既存の学問領域の枠にとらわれることなく学際的な見地からも研究に取り組み、学問的成果を上げてきました。

現代社会・世界・地球環境はさまざまな課題をかかえています。環境破壊・地球温暖化現象、国家間の対立・紛争・テロ等、地球規模での解決困難な課題、少子高齢化、学校・教育問題、経済格差、ＡＩ等々の、社会生活・日常生活に関わる諸課題が山積しています。さらに、２０２０年に入り、新型コロナウイルス感染拡大が、国際社会、社会生活・日常生活のあらゆる領域に多大な影響を及ぼしています。本研究科の学問的営みは、これら「現代性」に関わる諸問題に向き合い、課題を発見・解決すると同時に、多様性を尊重し共に助け合いながら生きてゆく「共生」の精神に基づき、一人一人の可能性を引き出しつつ、真に豊かな人間社会を形成する可能性を追求してゆきます。

「ブックレット新潟大学」は、現代社会文化研究科の研究成果の一端を社会に還元するため、２００２年に刊行されました。高校生から社会人まで幅広く読んでいただけるよう、分かりやすく書かれています。このブックレットの刊行が、「現代性」と「共生」という研究科の理念を世界の人々と共有するための一助となることを心より願っています。

２０２０年11月

新潟大学大学院現代社会文化研究科
研究科長　堀　竜一